2023 정해연

넥서스 독자님 감사합니다!

정보라드림

당신이 가장 위험한 곳, 집

당신이 가장 위험한 곳, 집

지은이 전건우, 정명섭, 정보라, 정해연
펴낸이 임상진
펴낸곳 (주)넥서스

초판1쇄 발행 2023년 7월 25일
초판2쇄 발행 2023년 7월 30일

출판신고 1992년 4월 3일 제311-2002-2호
10880 경기도 파주시 지목로 5
Tel (02)330-5500 Fax (02)330-5555

ISBN 979-11-6683-611-4 03810

가격은 뒤표지에 있습니다.
잘못 만들어진 책은 구입처에서 바꾸어 드립니다.

www.nexusbook.com
&(앤드)는 (주)넥서스의 문학 브랜드입니다.

앤드
앤솔러지

당신이 가장 위험한 곳, 집

전건우
정명섭
정보라
정해연

&

일러두기

- 본 도서는 작가별 원고의 특성을 가능한 한 그대로 살려 편집했습니다.
- 맞춤법은 국립국어원의 원칙을 따랐으나 뉘앙스를 살리기 위한 일부 표현은 그렇지 않을 수 있습니다.

차례

누군가 살았던 집 • 전건우 7

죽은 집 • 정명섭 61

반송 사유 • 정보라 119

그렇게 살아간다 • 정해연 175

누군가 살았던 집

전건우

오래된 집일수록 그 내력을 가늠하기 어렵다. 몇 장의 서류만으로는 그 집에서 정말로 어떤 일이 있었는지 알 수 없다는 말이다. 거기에 도배며 청소까지 새로 해 버린다면 이전 거주자의 흔적은 말끔히 지워진다. 마치 아무 일도 없었다는 듯 멀끔히 단장한 채 순진한 이들을 기다리는 그런 괴물 같은 집들이 있다. 나는 그런 곳에서 살았고, 지금부터는 그때의 경험담을 이야기해 보려 한다. 부디 끝까지 제정신을 유지한 채 이 이야기를 마칠 수 있길 바란다. 내 이야기에 등장하는 사람들의 이름을 밝힐 수는 없다. 물론 내가 살았던 곳의 구체적인 위치도. 이야기를 들어 보면 왜 그런지 알 수 있을 것이다.

때는 3년 전 여름이었다. 나는 지방에서 서울로 도망치듯 올라와 지낼 곳을 찾고 있었다. J와 함께였다. 우린 고등학교 2학년 시절부터 만나 6년째 사귀던 중이었다. 사랑의 도피였는가 하면 그건 아니었다. 그것보다는 조금 더 복잡한 사정이 있었다.

당시 나는 자동차 정비업소에서 일하고 있었다. 대학은 나오지 않았고, 그건 J도 마찬가지였다. J는 작은 회사에서 경리 보조로 일했다. 우리는 결혼할 생각이 있었기에 착실히 돈을 모으던 중이었다. 우리가 살던 도시에서는 그게 최선의 삶이었다. 그러다가 작은 문제가 발생했다. 문제라는 건 원래 작게 시작했다가 걷잡을 수 없이 커진다는 걸 당시에는 몰랐다. 이를 테면 그건 곰팡이 같은 것이었다. 검푸른 색의 곰팡이가 한두 군데 생겼을 때 싹 긁어내지 않으면 금세 벽 전체로 퍼지니까. 내 곰팡이는 주식이었다. 고등학교 선배의 아는 형의 친구가 주식으로 돈을 크게 벌었다는 이야기를 들었고, 그 선배의 아는 형의 친구와 몇 번 술자리를 하면서 자기한테 맡기기만 하면 원금에서 몇 배나 불려 줄 수 있다는 이야기도 들었다. 혹했다. 큰돈이 생긴다면 내 이름으로 된 정비업소를 차려 사장님 소리도 들을 테고 무엇보다 J와의 결혼도 당길 수 있겠다는 생각을 했다.

나는 그 사람에게 돈을 맡겼다. 소액이었는데 바로 다음 달에 세 배가 되어 돌아왔다. 가만히 앉아서 소형차 한 대 값을 벌게 되니 눈이 돌아갔다. 더불어 큰돈을 넣지 않은 스스로의 멍청함을 탓했다. 그 사람이 했던 말을 아직 잊지 못한다.

"기회는 한 번 더 있어. 원래 그렇잖아. 못해도 두 번의 기회는 줘야지."

그렇게 말해 준 그 사람을 향해 절이라도 하고 싶은 심정이었다. 그 후의 전개는 너무나 뻔해서 길게 말할 필요도 없으리라. 조건은 다 갖춰졌다. 습한 날씨, 꼭꼭 닫아 놓은 문, 거기다가 청소까지 게을리한다면 곰팡이는 얼씨구나 하고 몸피를 불린다. 나는 가족은 물론이고 친구와 친척, 그리고 온갖 주위 사람들에게 돈을 빌려서 그 사람, 아니 그 인간에게 가져다 바쳤다. 그렇다. 갖다 바쳤다는 표현이 딱 맞을 것이다. 그 인간, 아니 그 새끼와는 영영 연락이 닿지 않았고 돈은 찾을 길이 없었다. 더불어 그 작은 도시에서는 더 이상 얼굴을 들고 다닐 수도 없게 되었다. 그래서 선택한 것이 야반도주였다. J가 따라와 주지 않았다면 엄두도 못 냈을 것이다. 난 돈 한 푼 없는 거지 신세였으니까.

내가 믿는 구석은 하나였다. 군대 동기의 친형이 일한다는 자동차 정비업소. 거기에 일자리가 있다는 말만 믿고 옷가지 몇 개만 챙긴 채 J와 서울에 올라온 것이다. 다행히 일은 금방 하게 되었다. 그곳은 규모가 꽤 큰 정비업소로 급여도 나쁘지 않았다. 이제 필요한 건 두 사람이 지낼 곳이었다. J와 나는 지긋지긋한 모텔 생활을 청산하려고 본격적으로 집을 알아보기 시작했다. 하지만 J가 마련해 온 천만 원 정도 되는 돈으로는 반지하도 구하기 힘들었다.

그해 여름, 우리는 집을 보러 다니며 참 많이도 싸웠다. 둘 다 너무 지친 상태였다. 내가 짜증을 내면 J가 고향으로 돌아갈 거라 소리치고 그 뒤에는 내가 또 사과하는 일이 반복됐다. 지긋지긋했던 날들이었다.

그러던 중에 한 공인중개사를 통해 '그 집'을 알게 됐다. 엄밀히 말하자면 오피스텔이었는데, 당시 우리는 일반 다세대주택과 오피스텔의 차이도 몰랐다. 공인중개사가 시세보다 훨씬 싼 데다가 수리며 도배까지 싹 된 아주 좋은 집이 있다 해서 가 봤을 뿐이었다.

그리고 그 집은 그야말로 단번에 우리 마음을 빼앗았다. 방은 하나였지만 충분히 넓었고 주방도 분리돼 있었다. 화장실 역시 널찍했다. 침대, 세탁기, 냉장고, 에어컨도 기본 옵션이었다. J는 남쪽으로 난 창문은 물론이고 흰색 벽지가 무척 마음에 든다고 했다. 사실 우리 둘의 마음을 정말로 사로잡은 건 그 집의 가격이었다.

"보증금 500에 월 30이야. 엘리베이터가 없긴 해도 3층이잖아. 주위 다른 집들에 비해 절반 이상 싼 거야. 게다가 이 층에 다른 곳은 다 사무실이고 여기만 살림집이야. 밤 되면 아주 조용하다는 거지. 두 사람 신혼살림 차리기에는 여기보다 좋은 데가 없을 거야."

그때 물었어야 했다고, 나는 나중에 후회했다. 왜 멀쩡한 집이 절반 이상 싼지에 대해. 그렇게 따지자면 애초에 물었어야 했던 건지도 모른다. 무슨 수로 주식을 해 몇 배씩 돈을 버는 거냐고. 알다시피 인간은 늘 같은 실수를 반복한다. 나는 묻지 않았고, 좋은 기회를 놓칠세라 그 자리에서 덜컥 계약했다. 물론 J의 돈으로.

우리는 옮길 짐이랄 게 없었기에 그날 밤부터 당장 그 집에서 살게 되었다. 꿈만 같았다. 서울에 올라온 지 한 달, 직장도 구했고 집도 구했다. 식은 올리지 않았지만 J와도 같이 살게 되었다. 이제 좋은 일만 생길 것 같다고, 나는 J에게 말했다. J도 모처럼 밝고 생기 넘치는 표정으로 고개를 끄덕였다.

"이 집, 예쁘게 꾸밀 거야."

"응. 너 원하는 대로 해. 난 열심히 일할 테니까."

그날 밤 우리는 앞으로의 계획에 대해 즐거운 이야기를

속삭이다가 잠들었다. 내가 기억하는 한, 그것이 그 집에서의 처음이자 마지막으로 행복했던 순간이었다.

이상(異常)은 나사 하나에서 시작한다는 말이 있다. 시동이 걸리지 않는 큰 문제도 헐거워진 나사 하나로 생길 수 있다는 뜻이었다. 정비공들은 그 말을 비틀어 나사로 호구 잡기 같은 농담을 하곤 했다. 아무튼, 그 집에서의 이상한 일은 화장실 환풍구에서 시작됐다.

"화장실에서 이상한 냄새 나."

J가 얼굴을 찡그린 채 그 말을 한 건 바로 다음 날 아침의 일이었다. 나는 출근 준비로 바빴기에 대충 대답했다. 장난기를 담아서.

"자기 똥 냄새 아냐?"

"아니야! 그런 냄새랑 달라. 환풍구에서 나는 것 같단 말이야."

J가 버럭 소리를 지르는 바람에 나는 당황했다. 한편으로는 짜증도 났다. 출근하는 사람 붙잡고 무슨 냄새 타령인가 싶었기 때문이었다.

"뭔 냄새가 난다고 그래?"

나는 굳이 짜증을 숨기지 않은 채 신다 만 양말 한 짝을 들고 화장실로 향했다. 환풍기가 돌아가는 웅, 하는 소리가 들렸다. 불 켜진 화장실 안으로 얼굴을 들이밀고 킁킁 냄새를 맡았다.

"나지? 냄새나지?"

J가 물었다.

"냄새는 무슨……."

그때였다. 묘한 냄새가 났다. 단순한 악취가 아니었다. 쿰쿰하고 텁텁한데 그 안에 비릿한 향까지 깃든, 도저히 말로는 표현할 수 없는 냄새였다. 한 가지 확실한 것은 충분히 역한 기운을 느낄 만한 악취라는 점이었다. J가 호들갑을 떠는 게 아니었다.

"내가 뭐랬어? 난다니까. 환풍기 켜니까 나기 시작했어."

"아마 오랫동안 환기를 안 해서 환풍구 안에 곰팡이라도 폈나 봐. 아니면 팬이 고장 나서 바깥 공기를 거꾸로 빨아들이거나. 퇴근해서 한번 볼게."

확인도 제대로 안 하고 짜증부터 낸 게 미안해서 나는 서둘러 말했다. J는 그제야 표정을 풀었다. 애초에 J는 오래 담아 두는 성격이 아니었다. 화르르 타올랐다가도 금세 식어 헤실헤실 웃으며 팔짱을 껴 오는 게 J였다. 그런 성향은 나도 비슷했다. 그래서 우린 지독하게 자주 싸웠지만 채 반나절을 넘기지 못하고 화해했다. 그랬기에 6년 동안 만남을 이어 올 수 있었다. 내가 사고를 쳤을 때도 J는 딱 한 마디만 했다. 그러고는 곧 내 편이 되어 주었다.

"등신."

나는 출근해서 종일 정신없이 일했다. 휴가가 끼어 있는 여름철은 정비업체가 제일 바쁠 때였다. 그 탓에 화장실 악취는 까맣게 잊고 있었다. J에게 전화가 걸려 온 건 퇴근 무렵이었다. 마침 일을 다 끝내고 한숨 돌리던 참이라 나는 바로 전화를 받았다.

"응. 이제 곧 퇴근."

가벼운 목소리로 그렇게 말했지만 돌아온 건 J의 무거운 한숨이었다.

"하아. 냄새가 환풍구에서만 나는 게 아냐. 밑에서도 올라와. 화장실 배수구."

"그, 그래?"

"낮에 샤워를 했거든. 근데 샴푸 향을 뚫고 그 냄새가 나는 거야. 환풍기도 안 켰는데 왜 그런가 싶어서 봤더니……."

"알았어. 내가 공구도 챙겨 가고 할 테니까 좀만 기다려."

"바로 올 거지?"

"그럼."

장담하듯 말했지만 그 약속은 지키지 못했다. 갑자기 회식이 잡혔다. 그것도 내 입사 기념으로. 도저히 빠질 수 없어 J에게 사정을 설명하려고 전화했지만 받지 않았다. 나는 미안하다고 메시지를 남긴 뒤 회식에 참석했다. 술자리는 길게 이어졌고 다들 거나하게 취했다. 나도 마찬가지였다. 결국 자리를 파할 때쯤에는 공구니 뭐니 챙길 정신도 없었다. J는 그 사이 딱히 전화를 하지도, 그렇다고 메시지를 보내오지도 않았다. 내심 안도하며 집에 도착했을 때는 거의 자정 무렵이었다.

나는 현관문을 열고 들어갔다. 도어록 비밀번호를 까먹지 않은 게 신기할 정도로 잔뜩 취한 상태였다. 그래도 J를 깨우지 않아야겠다는 생각 정도는 했다. 내가 아는 J는 무슨 일이 있어도 밤 11시 전에는 잠드는 사람이었으니까.

그런 J가 침대 위에 오도카니 앉아 있었다. 불을 켜지 않아 어두컴컴했지만 창문으로 비쳐 드는 가로등 덕분에 실루엣 정도는 보였다.

"안 자고 있었어?"

J에게 물으며 나는 허둥지둥 신발을 벗었다. 대답은 돌아오지 않았다. 단단히 화가 난 모양이라 생각하자 정신이 번

쩍 들었다. 동시에 공구도 챙겨 오지 않았다는 걸 떠올렸다. 가져왔다 한들 너무 늦어 아무것도 할 수 없었겠지만 중요한 건 그게 아니었다. 나는 주뼛거리며 J를 향해 다가갔다.

"메시지 보낸 거…… 봤지? 아니, 도저히 빠질 수가 없더라고. 나 때문에 회식을 한다는데 거기다 대고 못 가겠다고 하면 분위기 완전 망치는 거잖아. 그래서……."

"너무 추워."

J는 툭, 한마디를 뱉었다. 어둠 속 어딘가를 응시한 채.

"응? 추, 춥다고?"

J는 무릎을 가슴까지 끌어당겨 잔뜩 웅크리고 있었다. 그게 다가 아니었다. 여름에 어울리지 않는 카디건도 걸치고 있었다.

"자기는 더워?"

그 질문을 던지면서 J는 나를 바라봤다. 그제야 깨달았다. 창문이 다 닫혀 있고 에어컨도 꺼져 있다는 것을. 물론, 선풍기도 돌아가지 않았다. 그럼에도…… 집을 떠도는 공기는 서늘했다. 시원함과는 분명 달랐다. 냉기라 해도 좋을 무언가가 술에 취해 달아오른 목덜미를 스치고 지나갔다.

"그러고 보니 시원하네."

내 말에 J 표정이 확 일그러졌다.

"그 정도가 아니야! 너무 추워서 견딜 수가 없었다고, 난."

"그, 그래? 몸이 안 좋은 건 아니고?"

"아니야. 뭔가 이상해. 오후에 해가 쨍쨍 떠 있을 때도 집은 어두컴컴했어. 헛소리처럼 들리겠지만, 햇빛이 여기…… 그러니까 이 집 안으로는 들어오지 못하는 것 같아. 그러니 이렇게 추운 거라고."

"여름인데도 시원한 건 오히려 좋은 거 아닌가? 하하."

나름 분위기를 풀어 보려 한 말인데 J는 나를 노려볼 뿐이었다. 나는 머쓱해서 머리를 긁적였다. 서늘한 건 분명했지만 춥다고 난리칠 정도는 아니라는 게 솔직한 내 생각이었다. J가 왜 이리 예민하게 구는지, 그것도 이해하기 힘들었다. 그렇다고 곧이곧대로 말해 버리면 싸움이 된다. 그 정도 눈치는 있었다. 게다가 지독하게 피곤했다. 대충 씻은 뒤 자고 싶은 생각밖에 없었다.

"알았어. 내일 쉬는 날이니까 구석구석 손 좀 볼게. 그럼 될 거야. 아니, 일단 느긋하게 외식하고 할까? 고기 먹고 힘내서……."

"어서 씻고 자."

J는 그제야 원래 목소리로 돌아와 말했다.

"어, 그래. 빨리 씻을게."

나는 이때를 놓칠세라 얼른 화장실로 향했다. 화장실 안에서는 J가 말한 그 냄새가 떠돌고 있었다. 아침만큼 고약하지는 않았지만 그렇다고 사라진 건 아니었다. 비누 거품을 잔뜩 내 세수를 하는데도 그 빌어먹을 악취는 코 근처를 맴돌았다. 나는 발을 씻으려고 샤워기를 틀었다. 시선이 자연스레 배수구로 향했다. 배수구에서 냄새가 올라오는 건 비교적 흔한 일이었다.

'막혔나?'

그럴 수도 있었다. 나는 배수구 앞에 쪼그리고 앉아 뚜껑을 치웠다. 까맣고 동그란 구멍이 모습을 드러냈다. 그 안으로 손을 넣었다. 가늘고 미끈거리는 뭔가가 손가락에 감겼다. 그걸 거머쥐고 빼냈다. 시커먼 머리카락 뭉치가 끝도 없이 나왔다. 역한 냄새가 훅 올라왔다. 얼굴이 저절로 찡그러졌다. 청소라고 해 봐야 겉만 대충 쓸고 닦았을 게 틀림없었다. 배수구 안이나 가구 밑까지 치우진 않았을 것이다.

"에이 씨."

손에 닿는 머리카락 느낌이 영 찝찝했다. 많기도 했다. 이전에 살던 사람은 머리카락이 긴데 탈모까지 있는 여자일 거라 생각하며 마지막으로 손을 한 번 더 넣었다. 이제 머리카락은 없었다. 대신에 뭔가 다른 게 만져졌다. 끈적거리면서도 물컹한 무언가……. 그걸 만진 순간 소름이 확 돋아서 얼른 손을 뺐다.

그때였다.

인기척을 느꼈다. 아니다. 느꼈다기보다는 알아차렸다. 등 뒤에 누군가가 서서 나를 내려다보고 있다는 사실을. 나는 아니라는 걸 알면서도 애써 목소리를 쥐어짜내 물었다.

"자…… 기……?"

자기야, 라는 그 물음은 입 안에서만 맴돌았다. 내 목소리는 겁먹은 개처럼 꼬리를 감춘 채 사라졌다. 차갑고 날카로운 기운이 목 뒤에 닿았다. 순간 등줄기를 타고 소름이 쫙 돋았다. 보이지 않는 손이 심장을 움켜쥐고 서서히 조이는 것만 같았다. 나는 쪼그린 상태 그대로 꼼짝도 못한 채 간신히 숨만 헐떡였다. 배수구 안 저 깊고 어두운 곳에서 고오오오, 하는 소리가 올라왔다. 고개를 돌려서 확인하고 싶은 마음과 이대로 저것이 사라지기를 바라는 마음이 교차했다. 시간이 얼마나 지났는지 알 수 없었다. 조금씩 압박감이 줄어들었다. 뼛속 깊이 맺혀 있던 한기가 언 땅이 녹듯 천천히 빠져나갔다. 그제야 제대로 숨을 쉴 수 있었다.

"하아."

나는 맥이 풀려 화장실 바닥에 주저앉았다. 너무 긴장했던 탓에 어깨가 아파 왔다. 슬그머니 고개를 돌렸다. 아무것도 없었다. 세면대와 변기뿐이었다. 그렇다면…… 나를 내려다본 그것은 무엇이었을까? 술김에 착각한 걸까? 그러고 보니 화장실 전등이 어두웠다. 칙칙한 불빛 아래 쪼그려 있다가 술이 확 올라왔고, 그 때문에 엉뚱한 착각을 하고 만 것이라고 나는 생각했다. 아니, 그렇게 납득하려고 애썼다. 그렇게라도 하지 않으면 말도 안 되는 무서운 상상에 빠질 것 같았기에.

엄마에게 전화가 걸려 온 건 다음 날 아침의 일이었다. 나는 전화번호까지 바꾸고 고향의 모든 이들로부터 도망쳐 왔지만 딱 한 사람, 엄마와는 연락을 이어 왔다. 물론 엄마에게는 비밀을 지켜 달라고 신신당부를 했다. 내가 어디 있는지 알아내면 당장에라도 달려와 개처럼 쥐어팰 인간들이 한둘이 아니라고. 나 때문에 퇴직금을 모두 날린 아버지만 해도 당장에 그럴 양반이었다.

"큰일 났어!"

엄마는 다짜고짜 그 말부터 했다.

"뭔 큰일?"

잠결에 전화를 받은 나는 그 한마디에 벌떡 일어났다.

"조 씨 아재가 너 잡아 오라고 사람 풀었단다. 어째? 이걸 어째, 응?"

조 씨 아재는 촌수도 따지기 힘든 너무나 먼 친척인데 아무튼 우리와 가깝게 지냈고 돈도 제법 많았다. 그럴 수밖에 없는 것이 조 씨 아재가 하는 일이 사채업이었기 때문이었다. 나는 그 인간에게도 돈을 빌렸다. 아무튼 그 당시의 나는 반쯤 미쳤던 상태였고 그랬기에 조 씨 아재라는 인간이 얼마나 무서운 인물인지 잊고 말았다. 조 씨 아재는 돈 안 갚는 인간 집에 쳐들어가 그 집에서 제일 어린 놈부터 패기 시작하면 거짓말처럼 다들 돈을 구해 온다고, 술에 취하면 종종 그런 말을 떠들곤 했다. 무용담처럼. 그 인간이라면 엄마 말대로 능히 사람을 풀만 했다.

"엄마는 아무 말도 안 했지?"

나는 목소리를 낮춰 물었다. 다행히 J는 자고 있었다.

"안 했지, 그럼. 난 입 꾹 다물고 있어."

"그럼 됐어. 사람을 아무리 풀어도 이 넓은 서울 바닥에서 날 어떻게 찾겠어, 안 그래?"

호기롭게 말했지만 걱정이 안 된다면 거짓말이었다. 어쨌든 나는 거액의 빚을 지고 도망치는 신세였다. 그것도 여러 명에게서.

"몸은 괜찮지? 밥은 잘 먹고 다니고? J는 어때? 걔 부모님도 맨날 찾아와서 딸 내놓으라고 따지는데, 어휴……."

"응. 난 다 괜찮아. 이제 출근해야 해서 끊을게. 입단속 잊지 말고!"

엄마의 푸념이 길어질 것만 같아 나는 서둘러 전화를 끊었다. 그러곤 다시 눈을 감았다. 조 씨 아재가 날 찾는다는 건 분명 걱정되는 소식이었지만 그 순간만큼은 너무 피곤하고 힘들었다. 자다가 두들겨 맞은 것처럼 온몸이 아팠다. 숙취 때문은 아니었다. 그렇다고 몸살인가 하면 그것도 아닌 것 같았다. 그저 불편했다. 침대가 아니라 울퉁불퉁 튀어나온 자갈밭에서 밤새 뒹군 느낌이었다. 옆에서 J가 뒤척였다.

"깼어?"

나는 눈을 감은 채 물었다. 대답이 없었다. 슬그머니 눈을 뜨고 옆을 돌아봤다. J가 모로 누운 채 나를 응시하고 있었다. 분명히 아침이고 창문으로는 햇살이 비쳐 들어야 할 때인데도 집은 컴컴했고 그 때문에 J의 얼굴은 어둠에 파묻힌 것처럼 보였다. 다만 J의 큰 눈만은 묘하게 번들거렸다.

"왜, 왜 그래?"

당황해서 어색하게 웃었지만 J는 무표정했다. 눈도 한 번

깜박이지 않았다. 분위기가 이상하다고 느낀 순간, J가 입을 열었다.

"너 때문이야."

"응? 갑자기 뭔 말이야?"

나는 J가 무슨 말을 하는가 싶어 정색을 하고 일어났다.

"날 봐. 너 때문에 이렇게 됐어."

그 말과 함께 J는 눈물을 흘렸다. 너무나도 선명하고 새빨간 피눈물이었다. 나는 놀라서 J의 얼굴을 잡았다.

"자기야!"

그때였다. J의 머리가 맥없이 툭 떨어진 건. 목 아래로 깨끗하게 잘려 나간 머리가 내 손에 들려 있었다. J는 그 상태로 나를 노려보며 천천히, 또박또박 말했다.

"이게 네가 한 짓이야."

"으악!"

나는 비명을 질렀고, 다음 순간 눈을 떴다. 처음에는 아무것도 보이지 않다가 시야가 밝아지며 흰색 천장이 눈에 들어왔다. 몇 번 눈을 깜박이고 나서야 꿈을 꿨다는 사실을 깨달았다. 지독한 악몽이었다. 손바닥에 이물감이 느껴질 정도로 생생한 꿈이기도 했다. 한동안 숨을 몰아쉬다가 옆으로 고개를 돌렸다. 이불만 동그랗게 말려 있을 뿐 J는 보이지 않았다. 고치에서 쏙 빠져나가기라도 한 것 같았다.

"자기야."

침대에서 일어나 집 안을 둘러봤다. J는 없었다. 휴대폰으로 몇 시인지 확인했다. 아침 8시가 막 지나고 있었다. 혹시나 해 통화 목록을 보니 엄마와 전화를 했던 기록은 남아 있었다. 그러니 전화를 끊고 잠시 눈을 감았던 그 순간에 악몽을 꾼 것이다. J도 그 사이에 사라졌고.

사라졌다…….

그 표현이 마음에 걸렸지만 딱히 다른 말을 찾을 수 없었다. J의 휴대폰은 침대에 그대로 놓여 있었다. 옷걸이의 옷들도 변화가 없어 보였다. 그야말로 누군가가 이 집 안에서 J만 쏙 빼서 어딘가에 치워 놓은 것 같았다. 나는 침대에서 내려와 현관으로 다가갔다. 평소에 늘 신던 J의 슬리퍼 역시 보이지 않았다. 오히려 그것 때문에 조금 안심이 되었다. J는 일요일 오전의 늦잠 대신 산책을 즐기는 걸지도 모르니까.

나는 악몽의 잔상을 털고 잠에서도 깰 겸 화장실로 향했다. 세수를 할 생각이었다. 불을 켰다. 화장실 안에는 그 냄새가 떠돌고 있었다. 구역질을 유발하는 냄새. 순간 간밤의 기억이 떠올랐다. 어젯밤, 술에 취해 엉뚱한 상상을 했다고 생각하면서도 나는 허둥지둥 밖으로 나갔다. 그 흔적이 남아 있었다. 배수구 뚜껑은 열려 있었고 그 옆으로는 잔뜩 엉킨 머리카락이 한 마리 거대한 벌레처럼 존재감을 드러내는 중이었다.

"어휴."

화장지를 둘둘 뜯어 머리카락 뭉치를 집었다. 그걸 쓰레기통에 버리고 배수구 뚜껑을 막 닫았을 때 현관문 열리는 소리가 들렸다. 나는 화장실 안에서 크게 물었다.

"왔어?"

"응."

J의 목소리는 잔뜩 가라앉아 알아듣기도 힘들었다. 느낌이 안 좋았다. 손만 대충 닦고 얼른 화장실에서 나갔다. J는 음울한 표정으로 서서 집 안을 둘러보고 있었다. 지금껏 한 번도 본 적 없는 얼굴이었다. 낯설었다. 함께 고향을 떠나오던 날에도 씩씩하게 웃던 J였다.

"무슨 일이야? 왜 그래?"

J는 고개만 스윽 돌려 나를 봤다. 그러고는 물었다.

"너는 괜찮아?"

"뭐, 뭐가?"

"여기 생활 말이야."

나는 여기가 어디를 말하는 건지 알 수 없었다. 서울인지, 아니면 집인지. 내가 멍하니 서 있자 J는 한마디를 또 했다.

"이 집…… 왜 쌌던 건지 알았어."

"어떻게? 누가 말해 줬어?"

J는 작게 한숨을 쉬더니 침대로 걸어가 걸터앉았다. 그 모든 행동, J의 사소한 동작 하나하나가 내 마음을 무겁게 했다. 솔직히 말하자면 듣고 싶지 않았다. 안 좋은 이야기일 게 뻔했다. 세수를 하고, 느긋하게 아침을 먹고, 침대에서 뒹굴며 휴대폰이나 들여다보는 게 오늘의 내 계획이었다. 새로운 공간에서 모처럼 마음 편히 쉬고 싶었다. 그런데…… 내 바람과는 상관없이 J는 입을 열었다.

"밤에도 너무 춥고 기분도 안 좋고 해서 잠을 설쳤어. 계속 누가 지켜보는 것 같은 느낌도 들고. 그래서 아침 일찍 나간 거야. 해라도 쬐면 기분이 나아질까 싶어서. 실제로 효과가 있었어. 가라앉아 있던 마음이 좀 괜찮아졌거든. 그렇게 동네를 돌다가 아침이라도 해 먹을까 싶어서 요 앞 작은 마트에 갔어. 그런데 내가 딱 들어가자마자 주인아줌마가 이렇게 묻는 거야. 어제 이사 온 새댁이냐고. 그렇다고 했더니 이 집에 대해서 말해 주는데……."

집에는 여자 혼자 살았다. 낮에는 놀고 밤에만 나가서 주위에선 밤일 하는 여자라 수군거렸다고 한다. 늘 피곤한 표정에 뚱한 얼굴을 하고서는 인사를 해도 별 반응이 없어 소문이 안 좋기도 했단다. 그런데 언젠가부터 여자는 부쩍 밝고 환한 표정으로 돌아다녔다. 로또라도 맞았나, 아님 애인이 생겼나 다들 그랬는데…… 어느 날 갑자기 사라졌다. 넉 달째 월세를 안 내 집주인이 찾아왔더니 짐은 다 그대로 있는데 사람만 없더라는 것이다.

"그럼, 실종이라도 됐단 거야?"

내가 묻자 J는 고개를 끄덕였다.

"그러고도 또 두 달인가를 더 기다렸는데도 여자는 안 나타났대. 이미 그때부터 흉흉한 소문은 돌기 시작했고."

그럴 것이다. 젊은 여자가 실종됐다면, 더군다나 평소 눈길을 끌던 사람이 감쪽같이 사라진 거라면 여러 소문이 나고도 남았으리라.

"경찰에 신고는 한 거야?"

내가 물었다.

"주인아줌마 말로는 여기 살던 여자가 가족이 없어서 집주인이 대신 신고했다나 봐. 그런데 집 한번 대충 둘러보고 간 게 전부래. 그러곤 여태 못 찾은 거고."

J는 그렇게 말하며 팔을 쓸어내렸다. 마치 아주 가까웠던

누군가에 대해 이야기하는 것 같았다. 그 정도로 표정이 어두웠다.

"그럼 그때 이후로 쭉 빈집이었던 거야?"

"응. 실종된 여자를 마냥 기다릴 순 없으니까 집주인이 짐이고 뭐고 싹 빼고 새로 세를 놓았대. 그런데 워낙 소문이 안 좋으니까 집이 안 나갔던 거야. 여자가 죽었다, 죽었는데 귀신이 돼서 여길 떠돈다, 뭐 이런 소문이 돌았나 봐."

"그래서 보증금을 확 깎은 거고?"

공인중개사에게 입단속도 시켰겠지. 그래야 우리처럼 외지에서 온 사람들이 멋모르고 걸려들 테니까.

"여기 뭔가 이상하지 않아? 여자는 어디 갔을까? 정말로 죽은 거라면……."

"아니야. 너무 걱정하지 마. 그냥 소문일 뿐이잖아. 어디 다른 데서 잘 살 수도 있는 거고, 무엇보다 우리와는 전혀 관계없는 일이야. 안 그래?"

나는 J 옆에 앉았다. 가만히 어깨를 감쌌지만 J는 내게 기대지 않았다. 그저 떨 뿐이었고 그 떨림이 내게도 고스란히 전해졌다.

"됐어. 나 좀 잘게. 피곤해."

J가 내 팔을 치워 내며 말했다.

"알았어."

그렇게 대답할 수밖에 없었다. J는 침대에 눕더니 이불을 머리끝까지 뒤집어썼다. 그 모습을 한참 보다가 일어났다. 왠지 모르게 짜증이 치밀었지만 참았다. 지금 짜증을 내면 싸우자는 것밖에 안 되니까. 무엇보다…… J는 싸울 의지마저 없어 보였다. 나는 담배를 챙겨 들고 집을 나섰다.

밖으로 나오니 조금 살 것 같았다. 후텁지근했지만 답답한 집 안에 틀어박혀 있는 것보다는 나았다. 나는 건물 옆 골목으로 들어가 담배에 불을 붙였다. 바로 그 순간이었다. 보이지 않는 어떤 기운이 뒤통수로 날아든 건. 그것이 시선이라는 걸 깨달은 순간 고개를 돌려 뒤를 바라봤다. 골목 반대편 끝에 누군가가 서 있었다. 흰색 러닝만 걸친 비쩍 마른 노인이었다. 오른쪽 다리를 질질 끌며 내게로 다가오는 노인은 얼굴을 찡그리고 있었다. 구겨진 신문지 같았다. 그것도 아주 오래 전의 신문, 그중에서도 안 좋은 소식만 잔뜩 실린 사회면.

"어이."

노인이 나를 불렀다. 아무래도 담배 때문인 것 같았다.

"죄송합니다. 다른 데 가서 피울게요."

나는 그렇게 말하며 벽에다가 담배를 비벼 껐다. 그러고는 돌아서려는데 노인이 내 어깨를 홱 잡아당겼다. 생각보다 강한 힘에 몸이 휘청했다. 노인이 쉰 목소리로 외쳤다.

“어디 가?”

“왜 이러세요?”

울컥 화가 치밀어 나도 노인에게 소리쳤다. 하얗게 센 머리카락 때문인지 노인의 얼굴은 유독 검어 보였다. 그에 반해 떼꾼한 눈알은 막이라도 덮인 것처럼 탁했다. 노인은 그 눈으로 나를 노려보며 말했다.

“약속도 안 지키고 어딜 갔다가 이제 나타난 거야?”

“네?”

무슨 말인지 당최 알 수가 없었다. 술 냄새는 나지 않았다. 취한 게 아니라면 정신이 좀 이상한 노인이 아닌가 싶었다. 동네에 한 명쯤 꼭 있는 버럭버럭 소리 지르며 아무하고나 시비 붙는 그런 노인. 아니나 다를까 노인은 삿대질까지 하며 소리를 높였다.

“내가 그거 버려 주면 돈 준다고 했잖아, 돈!”

나는 짜증이 나는 걸 참으며 최대한 조용히 말했다.

“저기요, 어르신. 사람 잘못 보신 것 같아요. 전 그런 약속한 적도 없고 이사 온 지 며칠 되지도 않았어요.”

"이사?"

노인은 그제야 눈을 가늘게 뜨고 나를 찬찬히 봤다. 끈적끈적 달라붙는 시선이 부담스러웠다. 한참 위아래로 훑던 노인은 한참 만에 뭔가를 깨달았다는 듯 "아아." 하며 고개를 끄덕였다. 그러고는 중얼거렸다.

"다른 사람이네. 하도 닮아서 착각했어."

"누구하고 닮았다는 겁니까?"

이제는 내가 질문을 던질 차례였지만 노인은 비척거리며 돌아섰다. 그러면서 손을 휘휘 저었다.

"아니야. 신경 쓰지 마. 방금 말은 못 들은 걸로 해."

"저기……."

내가 불렀지만 노인은 돌아보지 않고 절뚝거리며 골목 끝까지 걸어갔다. 그런 뒤 벽에 기대 놓은 작은 손수레를 끌고 사라졌다. 동네를 다니며 폐지나 고물을 주워 파는 것 같았다.

"에이 씨."

정신 나간 노인네 탓에 기분이 확 상했다. 담배 피울 생각도 가셨다. 헛소리라는 걸 알면서도 괜히 찜찜했다. 나는 노인이 사라진 골목을 한참 노려봤다. 그때였다. 머리 위에서 날선 비명이 들려왔다.

"꺄아!"

J였다. 나는 서둘러 계단을 달려 올라갔다. 비명은 내가 현관문 앞에 서서 비밀번호를 누를 때까지도 이어졌다.

"무슨 일이야?"

문을 열자마자 다급하게 물었다. J는 침대에 앉아 휴대폰을 들여다보고 있다가 고개를 들었다. 그러고는 멀뚱멀뚱 나를 쳐다봤다.

"왜 그래?"

J가 물었다. 조금 전까지 비명을 지른 사람이라고는 생각할 수 없을 정도로 평온한 말투였다.

"자기야말로 왜 그랬어? 괜찮아?"

나는 현관에 선 채 숨을 헐떡이며 물었다.

"무슨 말 하는 거야? 나 잠이 안 와서 계속 휴대폰 보고 있었는데."

"비명…… 질렀잖아. 그거 듣고 밑에서 달려 올라온 건데."

"비명? 난 안 질렀고 듣지도 못했는데?"

거짓말을 하는 것 같지는 않았고 그럴 이유도 없었다. J는 정말로 영문을 모르겠다는 표정이었다.

"아니라면 다행이고……."

다행이기는 한데 영 꺼림칙했다. 잘못 들은 건 아니었다.

분명 우리 건물에서 울려 퍼진 비명이었고 J 목소리였다.

"누가 TV를 크게 틀어 놨나 보지."

J는 대수롭지 않게 말한 후 다시 휴대폰으로 눈을 돌렸다. 그러고 보니 그 모습 역시 부자연스러웠다. 나와 집에 대해 이야기를 나눌 때와는 분위기가 사뭇 달랐다. 내가 담배를 피우러 나갔던 건 기껏해야 15분 전의 일이었다. 물론 그 사이에 기분이 나아질 수는 있지만…….

"아! 진짜 웃기네!"

휴대폰을 보며 키득거리는 J의 모습은 왠지 낯설었다.

"뭐가 그렇게 재미있어?"

나는 J에게 다가갔다. 내 말에는 대답도 하지 않고 J는 계속 웃기만 했다. 휴대폰을 내려다보면서. 화면은 꺼져 있었다.

하루가 아슬아슬하게 지나갔다. J는 자다가 깨다가를 반복했다. 침대에서 거의 벗어나지 않았다. 점심은 중국집에서 짜장면을 시켰다. 한 그릇을 다 못 먹고 남긴 J는 춥다는 말만 반복하며 이불 속으로 들어갔다. 그러곤 또 잠들었다. 깨어 있을 때 내가 몇 번 말을 걸었지만 J의 대답은 돌아오지 않았다. 나는 너무 불안해서 종일 안절부절못했다. 평소였다면 도대체 왜 그러느냐고 대놓고 물었을 테지만 그러지 못했다. 그런 말을 꺼내면 그나마 유지되던 살얼음 같은 평화가 산산이 깨질 것만 같았다.

그러다가 밤에 결정적인 사건이 터졌다.

J는 그렇게 자고도 또 깊은 잠에 빠져 있었다. 반면 나는 침대에서 뒤척였다. 도무지 잠을 이룰 수가 없었다. 갖가지 생각과 걱정이 머릿속을 맴돌았고 그건 한 덩어리로 뭉쳐져 결국 하나의 의문이 되었다.

이 집에선 어떤 일이 있었던 걸까?

나는 미신 같은 건 믿지 않았다. 아예 관심이 없었다. 귀신이니 액운이니 하는 것들도 마찬가지였다. 그럼에도 이 집이 이상하다는 사실은 인정할 수밖에 없었다. 냉기라고 해도 좋을 서늘한 기운이 떠도는 것도 그렇고 무엇보다 이상하게 변한 J가 마음에 걸렸다. 악취도 빼놓을 수 없었다. 물론 모든 고장 난 자동차에는 그럴 만한 이유가 존재하듯 합리적인 원인을 찾으려면 찾을 수도 있었다. J는 갑작스러운 환경 변화에 일시적으로 우울해졌을 것이다. 악취야 당연히 청소를 하면 사라질 테고. 하지만…… 그것이 다가 아니라고, 더 무서운 뭔가가 있다고, 내 본능이 자꾸만 외쳐 댔다. 문제는 안 좋은 상황을 타계할 방법이 없다는 데 있었다. 나와 J는 다른 곳으로 이사 갈 수도, 그렇다고 고향으로 돌아갈 수도 없었다.

초인종이 울린 것은 설핏 잠이 찾아오던 바로 그때였다. 새가 컥컥 울어 대는 것 같은 그 날카로운 소리에 나는 놀라서 벌떡 일어났다. 처음에는 초인종 소리라는 것도 알아채지 못했다. 꿈이 아닌가 싶을 정도로 정신이 없었다. J도 놀란 표정으로 일어나 앉았다.

"뭐야?"

J가 물었고 그제야 나는 누군가 초인종을 누르고 있다는 걸 깨달았다.

"누가 왔나 봐."

나는 밝게 빛나는 인터폰을 가리켰다. 초인종 소리는 계속 울려 퍼졌다.

"이 시간에 누구야?"

J의 물음에 답하는 대신 나는 조심스레 인터폰으로 다가갔다. 그렇다. 이 밤에 우리를 찾아올 사람은 아무도 없었다. 그나마 상상해 볼 수 있는 건 배달원이 호수를 착각하고 초인종을 누르는 것 정도였다. 인터폰 화면은 밝게 빛나기만 할뿐 정작 보이는 건 없었다. 우리를 찾아온 누군가는 카메라가 닿지 않는 지점에서 초인종을 누르는 게 틀림없었다.

"누구세요?"

버튼을 누르고 일단 그렇게 물었다. 거슬리는 초인종 소리가 사라진 것만으로도 조금은 마음이 놓였다. 바깥의 상대방은 대답이 없었다. 나는 한 번 더 물었다.

"누구시냐고요?"

인터폰이 고장 난 건 아니었다. 슈우우, 하는 바람 소리 같은 게 들렸다. 나는 J를 향해 고개를 돌렸다. J는 겁에 질린 표정으로 현관문을 노려보고 있었다. 그 순간 나도 봤다. 문손잡이가 살며시 돌아가는 것을. 그 다음이었다. 익숙한 그 소리가 들렸다.

삑. 삑. 삑. 삑.

바깥에 선 누군가는 도어록 비밀번호를 누르고 있었다. 얼어붙어 있던 나는 퍼뜩 정신을 차리고 현관 쪽으로 달렸다. 비밀번호는 이사 오자마자 바꿨다. 나와 J가 사귀기로 한 날을 비밀번호로 설정했으니 우리 둘 말고는 아는 이가 없는 게 당연했다. 그런데…….

삑. 삑. 삑. 삑.

우리를 찾아온 이는 도어록을 계속 눌러 댔다. 열릴 때까지 포기할 생각이 없는 것 같았다. 그 사실을 깨닫자 등허리를 타고 오싹한 기운이 올라왔다.

"그, 그만해!"

나는 현관문에 딱 붙어 서서 외쳤다. 목소리가 잘 나오지 않아 쥐어짜 내야 했다. 양손으로는 문손잡이를 꽉 잡고 있었다. 그때였다. 아침에 엄마가 했던 말이 떠올랐다. 조 씨 아재가 사람을 풀어 나를 찾는다는 말. 혹시…… 그 사람들일까? 하루 만에 우리를 찾아낸다는 게 가능할까 싶었지만 아니라는 확신도 할 수 없었다. 게다가 조 씨 아재 쪽 인간들이라면 이런 짓을 하는 게 이해되기도 했다. 최대한 우리를 괴롭히려 할 테니까. 그래서 나는 소리쳤다.

"경찰 부를 거야! 경찰 부른다고!"

잠잠해졌다. 일순간 모든 소리가 사라졌다. 나는 마른침을 삼키며 현관문에 귀를 가져다 댔다. 역시 조용했다.

"간 거야?"

J가 떨리는 목소리로 물었고 나는 고개를 끄덕였다. 바로 그때 인터폰 화면이 다시 밝아졌다. 이번에는 뭔가가 보였다. 검은색 천 같은 것이 살랑살랑 움직이고 있었다. 인터폰 쪽으로 향하는 동안 그 천은 점점 더 출렁였다. 마치 바람에 흔들리는…….

"헉!"

J가 나보다 먼저 알아챘다. 나도 그것이 무엇인지 깨닫고 그 자리에 얼어붙은 듯 멈춰 서고 말았다.

머리카락이었다. 새까맣고 긴 머리카락.

바깥의 누군가는 등을 돌린 채 서 있었다. 머리카락이 출렁, 했다. 그 존재가 고개를 돌리려 한다. 내가 그 사실을 알아챈 것과 동시에 인터폰이 꺼졌다. 집 안에는 정적과 어둠만이 가득했다. 나도, J도 입을 열지 않았다. 차마 말이 나오지 않았다. 누군가의 고약한 장난이나 술주정으로 치부하고 싶었지만 그럴 수 없었다. 그런 게 아니라는 건 너무나 분명한 사실이었다.

"내일 알아볼게. 이 집에 대해서."

한참 시간이 흐른 후에야 나는 J를 향해 말했다. 그날 밤을 우리는 뜬눈으로 보냈다. 마치 보초를 서듯. 우리가 깨어 있지 않으면 정체불명의 어떤 존재가 순식간에 들어와 버릴 것 같았다. 그 밤 내내 집 안에는 냉기가 떠돌았다.

나는 아침이 되자마자 부동산으로 찾아갔다. 회사에는 몸이 아파 못 나간다고 대충 둘러댔다. J는 나와 함께 움직일 상태가 아니었다. 실제로 열도 나고 온몸을 떨어 대 병원에 보냈다. 절대 혼자 집에 있지 말라는 당부를 하고서.

부동산에는 우리에게 집을 소개해 준 그 공인중개사가 없었다. 대신에 사장이 나를 알아봤다.

"오피스텔에 이사 온 분이네. 근데 무슨 일로?"

사장은 어딘지 모르게 표정이 어두웠다. 피곤해 보이기도 했다. 나는 조심스레 물었다.

"저기…… 저한테 집 소개해 준 그분은 아직 안 나오신 건가요?"

"아…… 이 팀장은 사고가 좀 있어서……."

"사고라면?"

사장은 한참 망설이더니 한숨과 함께 입을 열었다.

"사흘 전 일인데, 퇴근하고 돌아가던 길에 졸음운전을 한 건지 어떤 건지 아무튼 중앙선을 넘어서 덤프트럭에 그대로 들이박았지 뭡니까. 그 작은 차가 덤프트럭하고 부딪쳤으니 말 다했지 뭐. 이 팀장, 그 자리에서 즉사했어요. 나도 어제까지 장례식장에 있다가 발인까지 보고 왔어요."

"네?"

나는 멍하니 서 있었다. 머리가 띵했다. 사흘 전이라면 우리에게 집을 소개해 준 바로 그날이다.

"그런데 이 팀장은 무슨 일로 찾으시나?"

사장이 물었다. 나는 겨우 정신을 차리고 대답했다.

"저희 집, 도대체 어떤 일이 있었던 건지 자세히 좀 알려 주세요. 어떤 여자가 살다가 실종됐다는 소문은 이미 듣고 왔어요."

내 말에 사장은 난처한 표정으로 머리를 긁적였다.

"나도 아는 게 별로 없어요. 보다시피 우리는 팀장들이 자기 매물 각자 알아서 영업하는 시스템이거든. 그 집에 전에 살던 사람이 행방이 묘연하다는 이야긴 나도 들었는데 딱 거기까지야. 그 외엔 나도 잘 몰라요, 몰라."

"그럼 집주인 연락처 좀 알려 주세요."

나는 집주인 번호도 모르고 있었다. 공인중개사가 자기를 통해서 월세니 뭐니 다 내면 된다고 했기 때문이었다.

"연락처야 알려 줄 수 있죠. 좀만 기다려 봐요."

사장은 그렇게 말하며 서류를 뒤적거렸다. 나는 그 사이에 J에게 전화를 걸었다. 한참 신호가 갔지만 J는 받지 않았다. 슬금슬금 불안감이 밀려왔다. 전화를 끊고 메시지를 보냈다.

– 괜찮아? 연락 좀 해 줘.

내가 계속 휴대폰을 내려다보고 있을 때 사장이 다가왔다.

"여기 있네요."

"감사합니다."

나는 사장이 내민 포스트잇을 받아 들었다. 거기에 휴대폰 번호가 적혀 있었다.

"그런데 무슨 일로 그러는 겁니까?"

사장이 물었다.

"아뇨. 집에 대해서 궁금한 게 좀 있어서요. 가 보겠습니다."

나는 대충 둘러대고 부동산에서 나왔다. J가 걱정되어 더 머무를 수 없었다. 예감이 안 좋았다. 괜히 심장이 뛰고 입이 말랐다. 그 공인중개사가 죽은 게 과연 불행한 사고일까? 말도 안 되는 상상이란 걸 알면서도 왠지 그 사고조차 집과 관련이 있는 것 같았다. 무겁고 찜찜한 마음을 애써 누르며 집으로 향했다. 그 사이 J에게 몇 번이나 전화를 했지만 받지 않았다. 메시지에 대한 답도 여전히 없었다. 그때쯤 내 불안감은 최고조로 향하고 있었다.

내가 그 노인과 다시 만난 건 집에 거의 도착했을 때였다. 골목 모퉁이를 막 도는데 노인이 손수레를 끌고 스윽 나타났다. 나는 놀라서 멈춰 섰다. 노인 역시 움찔하더니 나를 보고는 또 얼굴을 잔뜩 찡그렸다.

"어디 갔다가 이제 와? 왜 돈……."

노인은 거기서 말을 멈춘 후 나를 빤히 봤다. 그러더니 슬그머니 돌아서며 혼잣말을 했다.

"아니네. 닮았는데 아니야."

순간 참을 수 없는 화가 치밀어 올랐다. 나는 노인에게 다가가 거칠게 돌려세웠다. 그러곤 소리쳤다.

"뭔 소릴 하는 거예요? 누구랑 닮았다는 겁니까, 네? 말 좀 해 봐요!"

노인은 비루먹은 개처럼 움츠러들더니 비틀거리며 뒷걸음질 쳤다. 나는 노인이 도망치지 못하게 양쪽 어깨를 꽉 잡았다. 그런 뒤 노려봤다.

"아, 아니…… 3층에 살던 남자가 그랬어. 옷이고 가방이고 버려 주면 도, 돈 주겠다고. 그 남자랑 너무 닮아서 내, 내가 헷갈렸어……."

"3층에 남자가 살았다는 거 확실해요?"

내가 묻자 노인은 거의 울 것 같은 표정으로 대답했다.

"모, 몰라. 난 그냥 물건만 버려 준 거야."

"에이!"

노인을 놓아주었다. 더 다그쳐 봐야 얻어 낼 정보도 없을 것 같았다. 노인은 주저앉아 부들부들 떨었다. 나는 그런 노인을 노려본 후 오피스텔 건물로 들어갔다. 머릿속이 뒤죽박죽이었다. 노인이 말하는 그 남자가 3층 우리 집에 살았다는 건 분명해 보였다. 그렇다면 여자 혼자 살았다는 소문이 잘못된 걸까? 알 수 없었다. 그래서 더 짜증이 났고 화가 치밀었다. 씩씩거리며 계단을 올라갔다. 막 2층을 지났을 때였다. 위에서 두런거리는 소리가 들려왔다. 남자 두 명이었다.

"아무도 없는 것 같은데요?"

"여기 확실해?"

"네. 확실합니다."

"어휴. 더워 죽겠는데 고생만 하네. 나중에 다시 오자."

"네."

그러고는 곧 계단 내려오는 소리가 들렸다. 나는 최대한 조용히 1층으로 내려가 화장실에 숨었다. 심장이 다른 의미로 거세게 뛰었다. 이번에야말로 확실했다. 남자들은 조 씨 아재가 보낸 놈들이었다. 한참 숨을 고른 후에야 화장실에서 나왔고 재빨리 3층으로 달려 올라갔다. 도어록을 열고 비밀번호를 누르는데 손이 벌벌 떨렸다. 집으로 들어가니 여전한 냉기와 악취가 훅 날아들었다. J는 없었다. 애가 탔다. 놈들이 돌아오기 전에 도망쳐야 했다. 그러지 않으면 고향으로 끌려가는 정도에서 끝나지 않을 거라는 건 불을 보듯 뻔했다. 어차피 짐 같은 건 가방 하나에 다 들어가니 대충 챙겨서 이 집만 나가면 된다. 순간 보증금 생각이 났다. 도망칠 땐 도망치더라도 J의 피 같은 돈을 그냥 날릴 수는 없었다. 나는 집주인에게 전화를 걸었다.

"여보세요?"

집주인은 바로 전화를 받았다.

"안녕하세요? 저기…… 그저께 이사 온 사람인데요."

"아……."

집주인의 그 반응에서 나는 어렵지 않게 찜찜함을 읽어냈다. 달갑지 않은 전화를 받았구나, 하는 느낌.

"그런데 무슨 일로?"

나는 그 질문에 무슨 대답을 할까 망설이다가 바로 본론을 꺼냈다.

"저희가 갑자기 일이 생겨서요, 이사를 가야 할 것 같습니다."

"어머! 그건 안 되죠. 일주일도 안 살고 나가면 나보고 어떡하라고? 월세가 부담되면 내가 더 깎아 줄 수도 있으니까……."

"사람들이 이 집을 두고 수군거리던데요? 사람 죽은 집이라고."

강하게 나가기로 했다. 안 그러면 말이 통할 것 같지 않았다. 반응이 바로 왔다. 집주인은 목소리를 높여 말했다.

"아니, 누가 그런 헛소문을 퍼뜨린대? 그런 일 없었어요."

"그런 일까진 없었다 해도 여기 살던 여자가 몇 달 동안 실종 상태인 건 맞잖아요?"

"아니에요, 아니야. 그것도 헛소문이 퍼진 거라니까. 그 아가씨가 월세 안 냈던 넉 달 동안에도 꼬박꼬박 물도 쓰고 전기도 쓰고 그랬다니까. 물세가 어찌나 나왔는지 어휴. 내가 그거 밀린 것도 다 냈어요."

"그게 무슨 말입니까?"

"무슨 말이긴. 월세 안 내고 살았다는 거지. 그러다가 도저히 안 되겠으니까 야반도주한 거고. 뻔해요 뻔해. 그러니까 그 집엔 나쁜 일 없었어요. 안심하고 살아도 돼요."

"그런데……."

삐이삐삐삑.

초인종 소리에 나는 말을 멈추고 인터폰을 바라봤다. J가 넋이 나간 표정으로 문밖에 서 있었다. 인터폰 화면 가득 J의 얼굴이 보였다.

무슨 일이 생겼다!

불길한 예감에 나는 전화를 끊고 서둘러 현관으로 달려갔다. 그러고는 잠금을 해제하고 문을 열었다.

"자기야!"

문 앞에 선 사람은 J가 아니었다. 시커먼 머리카락을 길게 늘어뜨려 얼굴을 거의 다 가린, 아주 키가 큰 여자였다.

"누, 누구?"

내가 채 말을 끝내기도 전에 여자가 오른손을 치켜들었고 다음 순간 뭔가를 휘둘렀다.

"윽."

나는 머리에 강한 통증을 느끼며 쓰러졌다. 눈앞이 흐려지고 의식이 멀어졌다. 여자가 집 안으로 들어와 문을 닫았다. 그러고는 내 옆에다가 뭔가를 내려놓았다. 그것이 J의 머리라는 걸 깨닫는 것과 동시에 나는 완전히 정신을 잃었다.

눈을 떴을 때는 집 안이 어두컴컴했다. 의식은 돌아왔지만 여전히 머리가 멍했고 꿈인지 현실인지 혼란스러웠다. 다만 내가 침대 위에 누워 있다는 건 알 수 있었다. 그리고 비릿한 악취가 풍긴다는 것도……. 퍼뜩 J 생각이 나 일어나려 했지만 몸을 움직일 수 없었다. 그제야 팔과 다리가 뭔가에 묶여 있다는 걸 깨달았다. 나는 고개만 돌려 옆을 바라봤다. 어둠 속에 J가 나를 바라보고 있었다. 부릅뜬 눈으로, 머리만 덩그러니 남은 채.

"으아악!"

비명이 터져 나왔다. 충격이 너무 커 정신을 차릴 수 없었다. 그럼에도 이것이 아주 차갑고 끔찍한 현실이라는 건 명확히 느껴졌다. 그래서 더 미칠 것 같았다.

그때였다.

"쉿. 조용히 해야지."

주방 쪽에서 탁한 목소리가 들려왔다. 잠시 후 나를 공격했던 그 키 큰 여자가 모습을 보였다. 여자는 뭔가를 우물거리며 먹고 있었다. 내가 누구인지 물을 새도 없이 여자는 자신의 머리카락 쪽으로 손을 뻗더니 가발을 벗어 던졌다. 얼굴을 절반 넘게 가리고 있던 머리카락이 사라지자 본모습이 드러났다. 평범하게 생긴 남자였다. 어디서나 흔히 볼 수 있고 누군가와도 닮아 보이는 흔하디흔한 얼굴. 남자는 나를 내려다보며 웃었다. 그러고는 아주 친근한 투로 말했다.

"떠들면 너도 바로 죽일 거야."

나는 고개만 끄덕였다. 남자는 만족한 듯 다시 웃으며 말을 이었다.

"여기저기 좀 떠돌아다녔는데 그래도 이 집에 제일 좋더라고. 그래서 돌아왔어. 마침 누가 살고 있어서 다행이네."

"도, 도대체 왜?"

용기를 내 간신히 그렇게 물었다. 인간이란 참 이상하다. 그 극한의 상황에서도 분노나 공포보다 호기심이 더 강하게 일었던 걸 보면.

"다들 그렇게 묻더군. 죽기 직전에 말이야, 날 보며 하나같이 그런 질문을 했어. 도대체 왜 나한테 이러느냐고. 뭐라고 할까, 그럴 때 참 난감해. 대답해 줄 말이 없거든. 난 그냥 재미있어서 죽이고, 필요해서 죽이거든. 딱히 큰 이유가 없어."

남자의 말을 듣는 순간 깨달았다. 내 앞에 서 있는 저것이 인간이 아니라 괴물이라는 사실을. 타인의 집으로 무작정 쳐들어와 하나둘 빼앗아 가다가 결국에는 모조리 잡아먹은 뒤 그곳을 독차지하는 괴물.

"내가 여기서 당분간 지내야 하니까 네가 좀 도와줘야겠어. 협조해 줄 거지?"

나는 등 뒤로 묶인 손을 움직여 봤다. 굵기나 촉감으로 봐서 전선인 것 같은데 그리 꽉 조이지는 않았다. 조금 시간이 걸리겠지만 어쨌든 풀어낼 수 있을 것 같았다. 그때 내 머릿속에는 살아야겠다는 생각뿐이었다. 어떻게 해서든 살아남아 저 괴물에게서 도망치고 싶었다.

남자는 화장실로 다가가 불을 켰다. 그러곤 추억에 잠긴 목소리로 말했다.

"여기 쪼그리고 앉아서 참 고생했는데."

괴물의 뒤통수에서 눈을 떼지 않은 채 나는 필사적으로 손을 빼내려 했다. 생각보다 잘되지 않았다. 한참 버둥거리다가 J와 눈이 딱 마주쳤다. 그러자 분노, 슬픔, 좌절, 공포가 뒤섞인 거대한 무언가가 속 저 깊은 곳에서부터 치고 올라왔다. 미칠 것 같았다. 남자가 나를 죽이건 말건 소리라도 내지르지 않으면 감정에 눌려 먼저 숨을 거둘 것 같았다. 나는 입을 크게 벌렸다.

그 순간이었다.

"뭐야?"

남자가 그런 소리와 함께 고개를 확 돌렸다. 시야에 침대가 들어왔겠지만 놈은 전혀 딴 곳을 보고 있었다. 허공이었다. 어둠 속의 한 지점을 물끄러미 응시하던 남자가 다시 말했다.

"뭐라고 한 거야?"

나는 소리 지르려던 걸 멈추고 남자를 바라봤다. 괴물은 당황한 표정으로 이리저리 고개를 돌렸다.

"누가 떠드는 거야? 왜 웃는 거야?"

남자가 뒤집어진 목소리로 외쳤다. 바로 그때 나는 똑똑히 봤다. 화장실에서 스윽 걸어 나오는 시커먼 형체를. 그림자처럼도 보이는 그 까만 덩어리는 하나가 아니었다. 연달아 계속 나오더니 남자 주위를 둘러쌌다. 냉기가 휘몰아쳤다. 남자의 얼굴이 기괴하게 일그러졌다. 괴물은 허공을 향해 주먹을 휘두르다가 주방 쪽으로 달렸다. 나는 그 틈을 놓치지 않았다. 온힘을 다해 손을 빼냈다. 결국 헐거워진 전선 사이로 손이 빠져나왔다. 상체를 일으켰다. 다리를 묶고 있는 건 테이프였다. 그걸 뜯어내려 하는데 남자가 다시 나타났다. 손에는 부엌칼을 쥐고 있었다.

"이리 와! 이리 오라고! 다시 죽여 줄 테니까!"

남자는 정신을 못 차리는 것 같았다. 아니다. 그게 아니었다. 남자가 이곳에 다시 나타나기만을 기다렸던 무언가가 있었고, 이제 그들이 괴물을 농락하는 중이었다.

"으아! 그만 웃어!"

칼이 어둠을 갈랐다. 나는 다리를 옭아맨 테이프도 다 벗겨 냈다. 남자를 향해 고개를 돌렸다. 순간 눈이 마주쳤다. 놈의 눈동자가 커졌다. 어둑어둑했지만 핏발 선 그 눈만은 이상할 정도로 번들거렸다.

"야!"

남자가 나를 향해 소리쳤다. 나는 벌떡 일어나 현관으로 달렸다. 놈이 조금 더 빨랐다. 몸을 날리며 크게 휘두른 부엌칼이 내 정강이를 베고 지나갔다.

"악!"

나는 비명과 함께 쓰러졌다. 남자는 앞으로 엎어진 채로 다다다 기어 왔다. 칼로 바닥을 찍으며. 그러곤 칼을 높이 치켜들었다. 그 순간 남자의 얼굴 바로 옆에서 새하얀 입김이 피어올랐다.

"뭐?"

남자가 휘둥그레 뜬 눈으로 고개를 돌렸다. 나는 손에 잡히는 걸 아무거나 들어 냅다 던졌다. 내가 현관 앞에 쓰러질 때 떨어뜨린 휴대폰이었다. 휴대폰에 얼굴을 맞은 남자가 멈칫 했다. 나는 몸을 빙글 돌리며 일어났다. 다리에서는 피가 쏟아져 내렸지만 고통을 느낄 여유도 없었다. 절뚝거리며 현관으로 내려섰다. 뒤를 돌아봤다. 어느새 남자가 서 있었다. 희뜩 뒤집어진 눈이 나를 노려보고 있었다. 그 순간 깨달았다. 늦었다. 이대로 죽는다. 그때 내게도 그 소리가 들렸다.

키득키득.

웃음이었다. 재미있어 죽겠다는 듯 누군가가 그렇게 웃었다.

"으악!"

남자가 소리를 지르며 고개를 돌린 사이 나는 손잡이를 당기며 온몸으로 문을 밀었다. 그러면서 복도로 쓰러졌다.

"어어!"

문 앞에는 또 다른 남자들이 서 있었다.

"뭡니까?"

남자 둘 중 한 명이 물었고 나는 집 안을 가리켰다. 그러면서 마지막 힘을 짜내 외쳤다.

"괴물이!"

거기까지가 한계였다. 나는 더 버티지 못하고 정신을 잃었고 이틀이 지난 후에야 병원에서 깨어났다. 진실은 그 뒤에 알게 되었다.

그 집을 찾아왔던 남자들은 조 씨 아재의 수하가 아니라 경찰들이었다. 경찰이 찾던 사람은 내가 아니라 Y, 그러니까 훗날 희대의 연쇄 살인마로 알려지게 된 그 남자였다. 당시에는 Y가 연쇄 살인마라는 것까지는 몰랐다. Y는 경기도의 한 소도시에서 동거녀를 살해한 혐의로 수배 중이었고 경찰은 놈의 동선을 추적하던 끝에 그 집에까지 닿게 된 것이었다.

Y는 모든 걸 자백했다. 그 집에 살던 여자와 며칠 같이 살다가 죽였다는 것, 그 후로 여러 여자를 꾀어 와 살해한 후 화장실에서 수십 조각으로 해체해 이곳저곳에 나눠 버렸다는 것까지. 4개월간 Y가 그 집에서 죽인 사람은 모두 11명이었다. 죽은 여자들의 옷가지와 소지품은 버렸다고 증언했고 그 탓에 살해당한 사람들의 신상은 제대로 밝혀지지 않았

다. Y는 이렇게 말했다고 한다.

"이름이요? 그런 걸 왜 물어봐요?"

Y가 죽인 마지막 사람은 J였다. J의 사체는 그 건물 옥상 물탱크 속에서 발견했다.

잔혹한 범죄 행각이 드러나면서 Y는 연일 뉴스에 등장했다. 더불어 내게도 관심이 집중됐다. 어떻게 알았는지 기자들 중 몇 명은 내 병실까지 찾아와 심경을 묻기도 했다. 나는 아무 말도 하지 않았다. 할 말이 없었던 게 아니라 그때까지도 나는 정신이 제대로 돌아오지 않았기 때문이었다.

한번은 이런 꿈을 꾸기도 했다.

닫아 놓은 침대 커튼 너머에 누군가가 서 있다. 실루엣이 비쳐 보인다. 키가 아주 큰 여자다. 머리카락을 치렁치렁 늘어뜨리고 있다. 간호사는 아니다. 그 여자가 커튼 사이로 손을 넣어 조심스레 연다. 나는 꼼짝도 못하고 보고만 있다. 이윽고 여자가 얼굴을 모습을 드러낸다. 한 손에는 칼을 쥐고, 한 손에는 J의 잘린 목을 쥐고.

Y는 여장을 한 채 경찰의 눈길을 피했다고 한다. 길고 긴 머리카락으로 얼굴을 가리고 돌아다니면 아무도 못 알아봤다고, Y는 아주 자랑스레 말했다. 그런 말들조차 전부 기사화되었다.

나는 보름 넘게 입원을 했다가 퇴원한 후 고향으로 내려갔다. 빚진 돈은 부모님이 해결해 주셨다. 고향 사람들은 별다른 말을 하지 않았다. 내가 어떤 일을 겪었는지 모두 알고 있었다. J의 가족은 아예 이사를 가 버렸다. 큰 수술을 했지만 Y가 휘두른 칼에 베인 내 오른쪽 다리는 정상으로 돌아오지 않았다. 평생 절뚝거리며 다닐 수밖에 없게 되었다.

그게 3년 전의 일이다. 내가 아는 한 그 집과 조금이라도 연관된 사람은 다 불행해졌다. 죽은 공인중개사와 J, 그리고 나는 물론이고 부동산 사장 역시 결국 망하고 말았다는 소문을 들었다.

집에 문제가 있었던 걸까? 아니면 Y 같은 괴물이 거기에 서식했던 탓일까? 그것도 아니면 Y 손에 죽은 여자들이 원귀가 되어 떠돌기 때문인 걸까?

아무리 질문을 해 봐도 해답은 찾을 수가 없다. 다만 한 가지는 확실히 안다. 대부분의 평범한 사람들이 들어가게 되는 집은 이미 누군가 살았던 집이다. 그 누군가가 어떤 사람이었는지 아무도 알 수 없다.

Y는 사형을 선고받았지만 여전히 죽지 않고 교도소에서 살고 있다. 나는 가끔 절뚝거리며 동네를 도는 것 외에는 늘 집에만 틀어박혀 있다. 그리고 그 집은……

……여전히 빈 채로 남아 있다.

누군가 다시 들어와 살기를 기다리며.

| 작가의 말 |

"당신의 집은 안전합니까?"

집에는 그곳에 머문 이의 흔적이 고스란히 남습니다. 문에 난 흠집 하나, 거실 바닥의 찍힌 자국 하나, 화장실의 금간 타일 하나 등 유심히 보지 않으면 발견할 수 없는 흔적들 모두 누군가가 남긴 것입니다. 어쩌면 이건 그 집의 '생활흔'이라 할 수 있겠네요.

그렇다면 과연 눈에 보이는 흔적만 남을까요? 문손잡이의 손때나 근원을 알 수 없는 냄새 같은 것들은 어떨까요? 더 나아가 그곳에서 살았던 이의 감정이나 혹은 그곳에서 죽었던 이의 원념 같은 것들은 어떨까요?

그런 것들 역시 그대로 남아서 집의 분위기를 형성하고 있다고 생각한다면 조금 섬뜩하지 않습니까?

신축 건물이 아닌 이상 우리는 반드시 누군가 살았던 집에 들어갈 수밖에 없습니다. 그리고 대부분은 전에 살던 이가 어떤 사람인지 모릅니다. 이 작품은 바로 그 '사실'에 착안해 쓰기 시작했습니다. 저는 이런 질문을 던지고 싶었습니다.

전에 누가 살았는지 모르는 지금 당신의 집은…… 정말로 안전합니까?

죽은 집
정명섭

“산 사람이 더 무서워? 아니면 죽은 사람이 더 무서워?”

청소해야 할 집에 들어가려던 혜영은 뜬금없는 물음에 고개를 돌렸다. 질문의 주인공은 친구이자 특수청소업체 하우스 클리너의 대표인 유진이었다. 혜영과 유진은 고등학교 동창으로 평범한 결혼 생활을 했었다. 그러나 각자 남편의 불륜과 사업 실패로 이혼해야만 했던 비슷한 처지의 주인공이었다. 그나마 재산분할이라도 제대로 받은 유진은 그걸 밑천삼아서 특수청소업체를 차렸다. 개업식 때 휴지를 들고 찾아간 혜영은 무섭지 않느냐고 물었다. 특수청소업체가 주로 하는 일이 고독사한 사람들이 살던 집을 정리하는 일이었기 때문이다. 학창 시절에는 바퀴벌레가 보이면 비명을 지르며 책상 위로 올라갔던 게 유진이었다. 그리고 교과서를 돌돌 말아서 바퀴벌레를 때려잡는 건 혜영의 몫이었다. 그런 유진이 그냥 청소업체도 아니고 시신이 있던 집을 청소하는 특수청소업체를 차렸다는 게 믿어지지 않았던 것이다.

유진은 딱히 혜영의 대답을 들을 생각이 없었는지 말을 이었다.

"나는 산 사람이 죽은 사람보다 더 무서워."

나중에서야 혜영은 유진이 생각보다 심각한 결혼 생활을 했다는 걸 알게 되었다. 자상한 줄 알았던 남편은 알고 보니 술만 마시면 개가 되었고, 바람을 피운 것도 한두 번이 아니었다.

유진의 남편은 이혼 소송에 들어가기 전에 미리 재산을 빼돌려서 빈털터리라고 속이려고 하다가 들통이 나고 말았다. 거기다 이혼 후 보란 듯이 바람을 피우던 여자와 재혼까지 했다. 재판 끝에 어렵게 양육권을 얻어 냈지만 아이들도 모두 남편과 새엄마에게 가 버렸다. 사정을 다 알게 된 혜영은 산 사람이 더 무섭다는 유진의 말이 이해가 갔다. 그리고 그런 사정은 혜영에게 반복되었다. 사업에 실패하고 수습을 한다고 며칠씩 집을 비우던 남편이 사실은 다른 여자와 몰래

여행을 떠난 것을 뒤늦게 알게 된 것이다. 그리고 사업도 실패한 게 아니라 다른 사람에게 돈을 받고 넘겨준 것이었다. 사업을 실패했다는 말을 믿고 모아 놓은 돈과 패물을 모두 내놨던 혜영은 배신감에 며칠 동안 몸져누웠다. 그런 혜영을 타박한 것은 시어머니였다. 아들 편을 드는 시어머니의 괴롭힘에 혜영은 결국 이혼 서류에 도장을 찍어야만 했다. 그리고 친정으로 돌아왔지만 자신만 보면 한숨을 쉬는 어머니의 모습에 결국 전세를 얻어서 나와야만 했다. 그리고 생활비를 벌기 위해 일자리를 찾아야 했다. 하지만 10년 넘게 가정주부로 일하던 그녀에게 일자리를 주는 곳은 없었다.

한숨만 쉬던 그녀에게 유진의 연락이 왔다. 같이 일하자는 얘기를 들은 혜영은 처음에는 거절했다. 그냥 시신도 아니고 며칠이나 몇 달씩 방치된 시신이 있던 곳을 볼 자신이 없었기 때문이다. 하지만 다른 일자리는 눈을 씻고 찾아봐도 없었다. 거기다 어머니가 아파서 수술을 받아야 하는 상황이 되자 더더욱 다급해졌다. 결혼한 남동생은 아이들 학비 핑계로 돈이 없다는 말만 반복하는 상황이었다. 결국 하루 종일 고민하던 혜영은 유진에게 전화를 걸었다. 그리고 같이 일하기로 했다. 처음에는 고독사한 시신이 있던 방 앞에 서기만 해도 다리가 후들거리고 속이 메슥거렸다. 하지만 혹시나 하고 지원한 업체에서 경력 단절 기간이 길어서 채용이 어렵다는 메시지를 받고 나서는 눈 딱 감고 문을 열고 들어갔었다. 그렇게 1년이 지났고, 혜영은 그럭저럭 적응할 수 있었다. 이를 악물고 버텼던 세월을 떠올리고 있던 혜영에게 유진이 말했다.

"여기도 죽은 집이네."

오늘 청소해야 할 곳은 빌라 반지하의 복도 제일 끝에 있는 방이었다. 문 앞까지는 왔지만 몇 가지 처리해야 할 게 있어서 대기 중이었다. 혜영은 페인트가 군데군데 벗겨지고 녹슨 문들이 있는 복도를 살펴보다가 유진을 다시 바라봤다. 유진은 고독사한 사람이 있던 집을 죽은 집이라고 불렀다. 그 말을 들은 혜영은 이해가 가지 않았다.

"사람이 죽은 거지, 집이 죽은 건 아니잖아."

혜영의 물음에 유진은 B02호를 바라보면서 대답했다.

"사는 사람이 죽으면 집도 죽는 거지. 저게 살아 있는 것처럼 보여?"

월급쟁이 처지에 사장의 말에 대꾸할 수 없었던 혜영은 입을 다물었다. 때마침 혜영의 휴대폰이 울렸다. 화면을 본 혜영이 말했다.

"7639."

"비밀번호?"

고개를 끄덕거린 유진을 본 혜영은 B02호로 다가가서 장갑을 벗은 다음에 전자 도어록의 번호를 눌렀다. '삐빅' 소리와 함께 군데군데 녹슨 철문이 덜커덕거리며 열렸다. 특수청소를 맡기는 의뢰인은 최대한 돈을 안 쓰려고 했기 때문에 이것저것 협상할 것이 많았고, 시간이 오래 지체되는 경우가 많았다. 지금처럼 현장에 도착해서도 협상이 마무리되지 않거나 의뢰인의 마음이 변하기도 했다. 그럴 때면 기다려야만 했다. 죽은 사람은 그렇게 집에 남긴 흔적조차 편안하게 정리되지 못했다. 문을 연 혜영은 한 걸음 뒤로 물러나면서 방진 마스크를 썼다. 다른 장비들은 다 거르더라도 냄새를 막아 주는 방진 마스크는 필수였다. 미리 입어 둔 1회용 위생복이 바스락거리는 소리를 냈다.

크록스가 있는 현관 너머로 오래된 장판이 깔린 거실과 부엌, 그리고 맞은편에 방이 보였다. 미닫이 유리문이 반쯤 열려 있는 방 너머에는 피 묻은 이불이 엉켜 있었다. 고독사하거나 자살한 시신을 제일 먼저 찾아오는 건 파리였다. 죽음에서 풍겨 나오는 냄새를 기가 막히게 찾아내고는 자신들만의 파티를 벌였다. 시신의 핏자국 위에 알을 낳는 것이다. 삽시간에 부화한 유충들은 그 집의 새로운 주인 행세를 했다. 원래 주인의 시신 옆에서 말이다. 다음으로는 바퀴벌레가 찾아온다. 파리가 바닥을 좋아한다면 바퀴벌레들은 벽과 구석을 좋아한다. 그리고 좀 더 심각한 곳은 쥐들이 방문한다. 죽은 자의 시신은 그들에게 사이좋게 분배되며, 시간이 오래 지나면 먹잇감이자 새로운 보금자리가 되어 버린다. 앞장선 혜영은 한 손에 들고 있던 분무기를 바닥에 대고 뿌렸다. 강력한 파리약을 뿌리자 움직일 수 있는 유충들은 꿈지락거리며 도망치려고 했다. 하지만 시중에서 파는 파리약보다 수백 배는 독해서 그런지 금방 죽어 버렸다. 일차적으로 유충들을 처리하고 나자 본격적인 일이 기다리고 있었다.

"대충 정리했어."

혜영의 얘기를 들은 유진이 시작하자는 말을 했다. 경험이 많은 둘은 곧바로 일을 시작했지만 오늘이 세 번째 작업인 초보 둘은 아직도 현관을 들어오지 못했다. 혜영은 가지고 온 공기 여과기를 방 쪽으로 향하게 하고 작동시켰다. 위잉 하는 소리와 함께 여과기가 공기를 빨아들였다. 사람이 죽으면 피가 흘러나오고, 체액까지 더해지면 바닥에 엄청나게 끔찍한 흔적을 남긴다. 거기다 사람의 몸이 부패하면 악취가 난다. 시신은 이미 사라졌지만 그 흔적은 고스란히 남았다. 피와 시신이 부패하면서 흘러나온 액체가 굳어 버린 것이다. 그래서 자살하거나 고독사한 사람이 머물던 곳은 심하면 장판은 물론 벽지까지 뜯어야 하는 경우가 많았다. 혜영을 앞질러서 방 쪽으로 간 유진이 검정색 악취 측정기를 켰다. 화면을 본 유진이 혜영에게 말했다.

"마스크 꽉 껴. 악취 농도가 장난 아니다."

그러고는 아직도 현관에서 얼쩡대는 초보 직원들에게 소리쳤다.

"안 들어와? 부엌이랑 거실 치우고 동영상 촬영하고 잘 분류해서 넣어."

두 초보가 조심스럽게 거실에서 움직이는 걸 보면서 혜영과 유진도 일을 시작했다. 먼저 대형 쓰레기봉투에 피 묻은 이불과 베개 같은 것들을 집어넣었다. 약을 먹고 자살한 것으로 알고 있는데 죽기 직전에 몸부림을 심하게 쳤는지 작은 방 안에 있는 가구들 중 멀쩡한 것은 없었다. 옷가지들도 모두 꺼내서 펼쳐져 있었는데 죽기 직전에 그냥 의미 없이 그런 것인지 아니면 고통에 못 이겨 몸부림을 치다가 팽개친 것인지 알 수 없었다. 지나가는 사람의 발만 겨우 보이는 창문에는 드림 캐쳐가 매달려 있었다. 여과기 때문인지 살짝 흔들리는 드림 캐쳐를 힐끔 보던 혜영은 허리를 굽혀서 바닥에 있는 옷가지를 집었다. 구급대원이 들어와서 응급처치를 하려고 했는지 가위로 잘려져 있었다. 그걸 집어서 쓰레기봉투에 넣은 혜영은 구석에 쌓인 옷가지를 헤치던 유진에게 물었다.

"자살한 사람이 젊은 아가씨라고 했지?"

"응, 26살."

"앞날이 창창한데 왜?"

혜영이 안타까움이 담긴 말투로 묻자 옷가지를 분류하던 유진이 대답했다.

"죽는 사람이 그런 거 따지니? 지난달에 자살한 할아버지가 몇 살이었지?"

"89살."

"그 개그맨 얘기가 맞는 거 같아. 올 때는 순서대로지만 갈 때는 순서대로가 아니지. 근데 골 때리는 게 뭔 줄 알아?"

"뭔데?"

"여기 정리해 달라고 돈 낸 게 누구게?"

"누구? 집 주인?"

고독사나 자살을 하는 경우 집을 치워 달라고 하는 건 대개 집주인들이었다. 유가족들은 돈이 없다고 거부하거나 아예 연락도 되지 않는 경우가 많았다. 하지만 유진의 대답은 혜영의 예상을 한참 벗어났다.

"전 남친."

"왜?"

"이 집이 전 남친 거였어. 같이 동거했나 봐."

"그런데?"

"헤어지자고 쫓아내니까 몰래 들어와서 자살한 거지."

"환장하겠네."

"그래서 아무도 안 온 거야. 남자애는 지금 새로 사야 할 가재도구들 때문에 머리 아플걸."

유진의 얘기를 들은 혜영이 한숨을 쉬었다.

"자신의 죽음으로 옛 남친을 괴롭힌 거구나. 이렇게 쓰면 안 되는데."

"누가 아니래. 남자애는 이제 기억도 안 하려고 들 텐데."

"더군다나 집에서 말이야."

혜영이 집을 쭉 살펴보면서 얘기하자 유진이 옷가지들을 쓰레기봉투에 쓸어 담으며 말했다.

"그래서 내가 죽은 집이라고 한 거야. 사람이 죽었으니 집도 죽은 거지."

"그러네."

"저기 행거에 있는 옷들도 싹 다 걷어 줘. 남자가 자기 옷도 다 버려 달래."

"아예 잊고 새로 시작하는 건가?"

"거실에 있는 컴퓨터는 챙겨 달라고 했어. 옆에 있는 외장 하드랑."

혜영은 그렇게 유진과 얘기를 주고받으며 방을 정리했다. 옷가지와 이불들이 치워진 방에 핏자국으로 얼룩진 바닥이 덩그러니 드러났다. 허리를 편 혜영은 마스크를 살짝 들추고 숨을 내쉬었다. 악취가 콧속으로 들어왔지만 그나마 숨을 쉴 수 있어서 다행이었다. 다시 마스크를 낀 혜영은 큰 거울이 달린 화장대를 정리하기 시작했다. 서랍을 열자 화장품들이 보였는데 그 사이에 커플이 꽃밭을 배경으로 찍은 사진이 보였다. 하얀 액자에 들어 있는 사진 속의 커플은 서로의 손을 잡은 채 환하게 웃고 있었다. 사진을 든 혜영이 유진에게 물었다.

"여기 사진 있는데?"

"버리라고 했어."

"컴퓨터는 챙기고 커플 사진은 버리는 거야?"

혜영의 물음에 유진이 어깨를 으쓱거렸다.

"그게 계약 조건이니까, 산 사람이나 신경 써. 죽은 사람은 잊어버리고."

"그러자."

한숨을 쉰 혜영은 액자를 쓰레기봉투에 던져 넣었다. 그리고 그 위로 옷가지들이 쌓였다. 그 와중에도 반지하의 창문 밖에서는 어딘가로 향하는 사람들의 발자국 소리가 들렸다. 자살한 여성의 유품을 정리하던 혜영은 유진이 했던 말을 중얼거렸다.

"여긴 죽은 집이네. 죽은 집."

세 시간이 넘는 작업 끝에 대략 정리가 끝났다. 피가 묻은 장판은 특수 약품으로 밀었고, 안에 배어 있는 냄새는 모터를 써서 밖으로 내보냈다. 그런 다음 오존 세정기를 이용해서 내부에 가스를 살포했다. 큰 효과는 없었지만 유가족이나 관리인들은 뭔가 눈에 보이는 가스 같은 게 뿌려져야 일이 마무리되었다고 믿었다. 그리고 마지막으로 의뢰인이 꼭 챙겨달라고 부탁한 컴퓨터와 다른 물품들은 박스에 넣어서 빼냈고, 나머지는 모두 쓰레기봉투와 마대에 들어갔다. 다른 작업 때와 마찬가지로 이웃 주민들은 두 가지 상반된 반응을 보였다. 하나는 너무 무섭다며 빨리 끝내 달라고 하는 쪽이었고, 다른 한쪽은 생전의 고인과 친하다는 핑계를 대면서 쓸 만한 물건을 가져가려는 쪽이었다. 혜영은 아버지 같은 존재였다고 목소리를 높이는 옆집 아저씨를 보면서 혀를 찼다. 인생은 모순투성이라는 사실을 다시금 깨달은 혜영은 고인의 아버지라고 목소리를 높이며 뭔가를 챙겨 가려던 아저씨를 쫓아낸 유진에게 물었다.

"끝나고 뭐 해?"

큰 소리로 욕을 하며 계단을 올라가는 아저씨의 뒷모습을 노려보던 유진이 대답했다.

"뭐 하긴, 밥이나 먹자."

거실에서 깔짝거리는 신입 직원 둘을 흘깃 본 유진이 덧붙였다.

"저 멍청이들 보내고."

복도로 나온 유진이 의뢰인인 전 남친에게 전화를 하고 카톡을 보내는 사이, 신입 직원 둘은 부직포로 된 1회용 위생복을 벗어 던지고 밖으로 뛰쳐나갔다. 자신이 처음 일을 시작했을 때의 모습을 떠올리며 쓴웃음을 지은 혜영은 한숨을 쉬면서 무의식적으로 휴대폰을 들여다봤다. 일을 하는 동안은 무음으로 해 놨는데 그 사이에 몇 개의 메시지가 도착해 있었다. 그중 하나는 옆집 새댁이 보낸 것이었다.

"어, 뭐지?"

무심코 화면을 누른 혜영은 카톡의 내용을 확인하고는 입을 다물지 못했다. 의뢰인에게 카톡을 보낸 유진이 돌아서서 물었다.

"왜?"

혜영은 떨리는 목소리로 대답했다.

"우리 집이 죽었어."

"무슨 소리야?"

얼굴을 찌푸린 유진의 물음에 혜영은 문으로 향하며 말했다.

"전세 사기 같아."

골목길 끝에 주차한 차를 타고 시동을 거는 동안 다시 한 번 휴대폰을 들여다봤다. 급한 마음에 다시 문자 내용을 확인해 보고는 눈을 질끈 감았다. 아니길 바랐지만 눈을 떠 보니 그 내용 그대로였다. 힘이 쭉 빠진 혜영은 서둘러 차를 출발시켰다. 집으로 돌아가면서 변호사 사무실에서 사무장으로 일하는 친구 남편과 통화를 했다. 친구의 남편인 사무장은 자초지종을 듣더니 딱 한 마디로 대답했다.

"어렵겠네요."

냉담한 사무장의 얘기를 듣는 순간 억장이 무너졌다. 그렇게 부랴부랴 달려왔지만 할 수 있는 게 없다는 걸 뼈저리게 느끼는 중이었다. 혜영은 허겁지겁 달려간 부동산에 도착해서야 참았던 숨을 내쉬었다. 부동산에는 혜영처럼 전세금을 떼일 위기에 처한 세입자들이 여럿 보였다. 그중 몇 명은 소파에 앉아서 울고 있었고, 얼굴이 벌게진 남자 한 명은 사장의 멱살을 잡고 있었다. 사장은 몇 가닥 남지 않은 머리카락을 신경 쓰면서 대꾸했다.

"아, 나도 몰랐어. 알았으면 전세를 소개해 줬겠어? 나도 손해가 막심하다고."

자신의 슬픔과 분노를 해결할 수 없다는 사실에 혜영은 크게 낙담했다. 일이 바쁘다고 제대로 알아보지 못한 자신을 탓하면서 말이다. 자신을 볼 때마다 가슴을 치며, 신세한탄을 늘어놓는 어머니 때문에 급하게 집을 구해야만 했다. 여유가 없어서 아파트는 턱도 없었는데 다행히 신축 빌라가 눈에 띄었다. 본가에서 크게 떨어져 있지 않고, 새로 지은 집답게 깔끔했다. 거기다 사장이 몇 채 안 남았고 보러 올 사람이 줄을 섰다고 바람을 잡는 바람에 혜영은 서둘러 계약을 했다. 빌라 주인을 보지 못해서 걱정스러웠지만 부동산 사장은 몇 가닥 남지 않은 머리카락을 만지작거리면서 대답했다.

"걱정마쇼. 지난번에 보니까 벤츠인가 BMW 타고 다니더만."

도장을 찍고 이사를 간 다음에는 일이 바빠서 크게 신경 쓰지 않았다. 그런데 얼마 전부터 다른 빌라 거주민에게서 이상한 얘기가 들려왔다. 이사를 가려고 하는데 빌라 주인과 연락이 되지 않는다는 것이었다. 마침 서둘러 나가야 해서 크게 신경 쓰지 않았지만 며칠 후 다른 집 거주자에게서도 비슷한 얘기가 들려왔다. 이사를 가야 하는데 주인이 도통 연락이 되지 않는다는 것이다. 아직 이사 갈 때는 아닌 혜영은 그때도 그냥 넘어갔었다. 그런데 옆집 새댁이 문자로 보내 준 것이다. 피해자들이 속속 들이닥치면서 어떤 상황인지 전모가 밝혀졌다. 빌라 세입자들에게 받은 전세 보증금으로 다른 빌라를 사들이거나 지었다는 것이다. 그래서 빌라 세입자들에게 돌려줄 전세 보증금이 사라진 상태였고, 설상가상으로 전화를 받지 않고 잠적해 버리고 말았다. 그렇게 돈을 받을 길이 없어진 것이다. 옆집 새댁과 남편은 벤츠를 타고 다닌다던 빌라 주인은 사실 바지 사장이라고 알려 줬다. 그리고 부동산 사장이 그걸 알면서도 방조했다고 쏘아붙였다. 부동산 사장은 손사래를 치면서 나도 복비를 못 받았다고 하소연을 했다. 새댁의 남편이 울화통이 터졌는지 펄펄 뛰었다.

"지금 복비가 문제입니까? 우리 전세금이 다 날아가게 생졌다고요."

혜영은 크게 한숨을 쉬었다. 죽어서 말라비틀어진 사람의 몸에서 나온 피와 고름을 닦아 내고, 주인 옆에서 죽은 개와 고양이를 치우는 일을 하면서 번 돈이었다. 그런데 그렇게 번 돈이 한순간에 날아가게 생겼다. 사기당했다는 걸 인정하지 못하는 세입자들이 부동산 사장을 닦달하고 있는 중이었지만 그들도 알고 있을 것이다. 이번 일로 피해를 입은 돈을 절대로 돌려받을 수 없다는 것을 말이다. 새댁의 남편이 마침내 부동산 사장에게서 벤츠를 타고 다닌다는 집주인의 비상 연락처를 받아 냈다. 그리고 다급하게 전화를 걸었다.

"씨발 새끼! 왜 전화를 안 받는데?"

"그럼 받겠어요. 작정하고 잠수 탄 거 같은데."

아내의 대답이 마음에 안 들었는지 남자가 화를 냈다.

"그러게, 내가 잘 알아보자고 했지? 덜컥 들어와서 이게 무슨 일이야. 한두 푼도 아니고 2억이야, 2억!"

"왜 나한테 화를 내고 그래요. 나 혼자 결정했어요? 당신도 좋다고 해서 온 거잖아요."

이제는 부부끼리 싸움이 벌어졌다. 다른 피해자들은 팔짱을 낀 채 지켜봤고, 위기를 넘긴 부동산 사장은 책상에 앉아서 어디론가 전화를 하는 척했다. 그 와중에 유진에게 전화가 왔다. 안에서 받으면 민망할 것 같아서 밖으로 나왔다.

"어떻게 됐어?"

유진의 물음에 혜영은 고개를 돌려서 부동산 간판을 힐끔 보고 대꾸했다.

"어떻게 되긴, 망했지."

"진짜 전세금 다 날리는 거야?"

"바지 사장인데 튀었나 봐. 지금 난리 났어."

안에서는 누구인지 모르지만 욕설과 함께 뭘 던졌는지 우당탕거리는 소리가 났다. 알뜰살뜰 모아서 만든 전세 보증금이 한순간에 사라질 수 있다는 사실에 멀쩡한 사람이 폭발해 버린 것이다. 머리가 아파진 혜영에게 유진이 말했다.

"내일 남양주로 와. 주소는 카톡으로 찍어 줄게. 이럴 때는 일하는 게 최고야."

"고독사야? 범죄 피해자야?"

"그냥 쓰레기 집. 엄마가 아들네 집에 갔다가 기겁을 하고 연락했어."

"그 집은 아직 죽지 않았네."

"이제는 네가 죽은 집 타령이야? 일찍 들어가서 좀 자. 아는 경찰한테 물어볼게. 그 작자 이름이랑 연락처 좀 찍어 줘."

"고마워."

"이상한 생각 하지 말고 내일 꼭 와. 신입 둘 다 오늘 그만뒀어."

"그래도 사흘은 버텼네."

"그게 더 짜증 나. 차라리 첫날 가 버리면 기대라도 안 하지."

사흘 일하고 그만둔 두 직원에게 쌍욕을 한 유진이 덧붙였다.

"내가 어떻게든 도와줄 테니까 딴생각하지 마."

"그러니까 자꾸 딴생각이 나네."

"씨발 년이 진짜, 누구 좋으라고 죽어. 벽에 똥칠하면서 전 남편 뒈지는 거 봐야지."

"어쩜, 고등학교 때 문학 동아리 하던 나유진은 어디 갔니?"

"이혼 서류 쓰면서 쓰레기통에 처박았어. 문학 동아리 나유진 짝꿍 윤혜영은 어디로 갔을까?"

"설거지 개수대에 빠져 버렸지. 도통 안 나오더라."

"잘났어, 정말. 근처에 두물머리 가 볼 만하다고 하더라. 빨리 치우고 거기 가자."

"알았어."

통화가 끝나자마자 바로 톡으로 주소가 왔다. 위치를 확인한 혜영은 부동산 사무실 안에서 들려오는 고함과 울음소리를 들었다. 살려 달라는 외침과 다 죽여 버리겠다는 얘기 끝에는 새댁이 흐느끼는 소리가 들렸다. 잠시 서 있던 혜영은 집으로 발걸음을 옮겼다. 그러면서 유진에게 톡으로 집주인의 이름과 연락처를 보냈다.

다음 날, 알람이 울리는 것에 맞춰서 일어난 혜영은 간단히 씻고, 옷을 챙겨 입었다. 그리고 빌라의 주차장으로 향했다. 어제 벌어진 소동은 잊힌 것처럼 빌라 전체가 고요했다. 차를 몰고 주차장을 나오다가 잠깐 멈추고 빌라를 올려다봤다.

"집이 아니라 관짝 같네."

누가 들을까 봐 자그마하게 얘기한 혜영은 서둘러 차를 몰았다. 도로가 막히기 전에 서둘러야 했기 때문이다. 다행스럽게도 차가 막히기 직전에 유진이 오라고 한 남양주시청 근처에 도착할 수 있었다. 뒤쪽 오르막길로 오르자 성냥갑 같은 빌라들이 다닥다닥 붙어 있는 게 보였다. 창밖으로 그 모습을 본 혜영이 중얼거렸다.

"여기도 빌라네. 왜 죽은 집들은 다 빌라야?"

몇 년 동안 일해 본 결과 홀로 죽은 사람들은 대부분 반지하나 허름한 빌라, 원룸에서 지냈다. 살던 곳이 무덤이 되어 버린 것이다. 그나마 이번에는 시신이 있던 곳을 처리하는 게 아니라 쓰레기를 치우는 일이라 다행이었다. 고되기는 마찬가지였지만 적어도 누군가 죽었던 곳은 아니었기 때문이다. 목적지인 빌라 주차장에는 유진이 이미 도착해 있었다. 각종 장비가 실려 있는 승합차 옆에는 '당신의 집을 깨끗하게 해드립니다'라는 문구와 함께 하우스 클리너라는 회사 이름과 연락처, 이메일이 적혀 있었다. 운전석 옆에 서서 담배를 피우던 유진이 혜영에게 말했다.

"일찍일찍이 다녀라."

"네가 너무 빨리 온 거잖아."

"그런가?"

히죽 웃은 유진이 사이드 미러를 보면서 머리카락을 매만졌다. 그러고는 혜영을 힐끔 바라봤다.

"네 집 사기 친 새끼 말이야."

"찾았어?"

"나 형사 얘기가 빌라왕 같대."

"빌라왕은 또 뭔데?"

"TV 좀 보고 살아. 아니, 요즘은 유튜브인가?"

"알겠으니까 얘기 좀 해 봐."

"그러니까 빌라를 수백 채 정도 보유하고 있는 임대인을 빌라왕이라고 부르나 봐. 깡통주택 어쩌고 했는데 그건 잘 모르겠고."

"어쩐지 코빼기도 비추지 않더라."

"부동산 사장들이랑 짜고 시세보다 비싼 가격에 떠넘기고 그 전세 보증금으로 다른 빌라들을 사들이는 거지."

"옆집 새댁한테 짧게 듣기는 했어. 그렇게 수백 채나 사는 게 가능해?"

"그 정도는 꼬맹이 수준이래. 천 채가 넘는 빌라왕도 있다더라."

"그 사람이 잠수 타면 수백 명에게 문제가 생기는 거네."

혜영의 얘기에 유진이 고개를 절레절레 저었다.

"잠수가 문제가 아니야."

"그럼?"

"나 형사 얘기로는 빌라왕들이 하나둘씩 죽어 가고 있대."

"왜? 돈도 많이 떼어먹었잖아."

"빌라왕 배후에 누가 또 있다는 거지."

"왕이라며?"

"허수아비 왕이지."

피식 웃은 유진이 어처구니없다는 표정을 짓는 혜영에게 덧붙였다.

"진짜 권력을 가진 놈은 따로 있고."

"뭐가 어떻게 돌아가는 거야?"

혜영이 투덜거리는데 유진의 휴대폰이 부르르 떨렸다. 휴대폰을 힐끔 본 유진이 말했다.

"2층 202호네. 비밀번호는 2202."

"누가 살던 집이래?"

"어떤 히키코모리. 집에서 2년 넘게 배달 음식만 먹어 치워서 살이 엄청 쪘나 봐. 쓰레기도 쌓이고. 엄마가 와서 보고 너무 놀라서 아들은 입원시키고, 집은 치워 달라고 했어."

"시체는 없는 거지."

"그럴 거야. 하지만 방심하지 마라. 어디였더라? 여주였나?"

유진의 얘기에 혜영이 고개를 저었다.

"이천이었을 거야. 쓰레기 더미 속에 죽은 고양이가 있던 거?"

"아우, 말라비틀어진 고양이가 떡하니 나와서 얼마나 놀랐어."

"쥐도 몇 마리 있었잖아."

"진짜, 집 자체가 스릴러네. 스릴러야."

그러면서 현관 쪽으로 걸어갔다. 혜영은 뒤따라가면서 반지하나 지하가 아닌 것을 다행스럽게 여겼다. 지상은 일하다가 힘들면 바깥을 보면서 잠깐이나마 딴생각을 할 수 있었기 때문이다.

좁은 계단을 밟고 2층으로 올라가자 두 개의 문이 서로 마주 보고 있었다. 오른쪽이 2201호라서 자연스럽게 왼쪽이 2202호였다. 주소를 확인한 유진이 방진 마스크에 고글을 썼다. 그리고 뒤따라 올라온 혜영을 바라봤다.

“준비됐어?”

“열기나 해.”

유진이 전자 도어록을 열고 문을 당겼다. 그러자 희뿌연 연기와 함께 상상 이상의 악취가 밀려왔다. 하지만 몇 번이고 경험했던 혜영은 방진 마스크를 꾹 눌러서 최대한 악취를 밀어냈다. 먼저 들어간 유진이 혀를 차는 소리가 들렸다.

“진짜, 쓰레기 집이네. 쓰레기 집.”

혜영 역시 유진의 어깨 너머로 안쪽을 보면서 대답했다.

“이곳은 좀 심하네.”

그러자 유진이 혜영에게 물었다.

“못 한다고 할까?”

“왜? 계약금 안 받았어?”

“쥐꼬리만큼, 엄마가 하도 앓는 소리를 해서 말이야. 거기다.”

위생복을 들추고 주머니에서 휴대폰을 꺼낸 유진이 쓰레기 더미를 찍으면서 덧붙였다.

"이 정도까지라고는 안 했어."

"그래서 어떡할 건데?"

"일단 좀 치우고."

"마음이 약한 걸 보니 넌 부자 되기는 글렀다."

"남 얘기하고 있네."

둘은 티격태격하면서 집 안을 살펴봤다. 눈에 보이는 집 안 전체가 쓰레기로 가득했는데 대부분은 배달 음식 포장지와 남은 음식들이었다. 시커먼 족발 뼈에 앉아 있던 파리가 인기척을 느끼고 황급히 빠져나갔다. 음료수 페트병이 간간이 보였다. 유진이 그걸 보고는 한마디 했다.

"대체 얼마나 처먹어야 여기가 다 차는 거야? 족발에 피자에 치킨에, 이건 또 뭐야? 컵라면 먹고 그냥 던져 놨네? 국물 말라붙은 거 봐."

"그러게. 그나마 냄새는 심하지 않아서 다행이야."

혜영의 얘기에 유진이 얼굴을 찌푸리며 대답했다.

"이 정도도 심한 거지. 우리야 맨날 시체 냄새를 맡고 사니까 그러려니 하는 거고."

잠깐 살펴본 유진이 덧붙였다.

"거실부터 치우고, 안방은 나중에 하자."

"화장실은?"

"거기도 보긴 할 건데 치워야 할 게 있으면 돈을 더 달라고 하게. 어느 쪽?"

유진의 물음에 혜영이 대답했다.

"오른쪽."

"그럼 난 왼쪽부터 할게. 베란다는 같이 치우자."

둘은 약속이나 한 듯 양쪽으로 나눠져서 쓰레기를 치우기 시작했다. 혜영은 허리춤에 차고 온 커다란 쓰레기봉투에 쓰레기들이 차곡차곡 넣었다. 그러다가 뭔가를 발견하고 집어서 유진에게 보여 줬다.

"이거 보여?"

혜영이 페트병을 흔들자 안에 있던 노란 액체가 출렁거렸다.

"오줌이야?"

유진의 물음에 혜영이 고개를 끄덕거렸다.

"화장실 가기 귀찮으니까 여기다 싸고 던져 버린 거 같아."

"하긴 이 쓰레기 더미를 헤치고 갈 엄두가 안 나겠지. 쓰레기봉투 더 필요하겠지?"

"엄청 필요할 거 같아."

"일단 치울 수 있는 데까지 치우고 쉬면서 봉투 더 사 오자."

알겠다고 대답한 혜영은 허리를 굽혀서 쓰레기를 치웠다. 치워도 치워도 끝이 나지 않는 정리 작업은 점심을 건너뛰고도 이어졌다. 마지막 남은 쓰레기봉투를 쓸 즈음에야 허리를 편 혜영이 투덜거렸다.

"오늘 두물머리는 못 가겠네."

"밤중에라도 갈 거야. 망할, 그 두 놈이 튀지만 않았어도 빨리 끝낼 수 있었잖아."

유진의 대꾸에 혜영은 현관을 가리키며 말했다.

"일단 이거 밖에 내놓고 좀 쉬자."

"그래."

혜영이 쓰레기들을 헤치고 현관을 열었다. 그러자 밖에 있던 할머니가 화들짝 놀라는 게 보였다.

"어이쿠, 안에 사람이 있었네."

여름이 가까워진 계절이지만 낡은 털모자를 쓴 할머니는 한 손에 지팡이를 쥐고 있었다. 쓰레기봉투를 든 혜영은 어색하게 인사를 하고 옆으로 비켜 갔다. 할머니는 고개를 쭉 내민 채 안쪽을 들여다봤다. 그러고는 쌓여 있는 쓰레기들을 보고는 인상을 찌푸렸다.

"아이구, 이렇게 하고 어떻게 살아?"

그러면서 혜영을 힐끔 바라봤다. 호기심과 의심의 중간쯤에 걸쳐진 시선을 느낀 혜영은 대수롭지 않다는 듯 대꾸했다.

"거의 다 치웠어요."

"여기 사는 젊은 친구가 좀 이상하긴 했어. 밖으로는 잘 안 나오고, 매번 배달을 시켜서 먹었다니까, 아주 돈이 썩어 나나 봐."

할머니의 악담에 혜영은 피식 웃기만 했다. 사는 게 팍팍해서 그런지 오히려 가난하고 외로운 사람들이 타인에 대한 격렬한 증오심을 드러낼 때가 많았다. 처음에는 당황했지만 나중에는 그냥 이해하고 넘어갔다. 혜영이 통로에 쓰레기를 쌓아 놓자 할머니가 대뜸 시비를 걸었다.

"아니, 사람들이 오가는데 이런 걸 놓으면 어떡해? 냄새 나게."

"빨리 치울게요."

"이 많은 걸 하루 만에 다 치울 수 있어?"

"그럼요. 누가 방해하지만 않으면 치울 수 있죠. 어차피 치우기 시작했으니까 빨리 치워야 모두에게 좋지 않겠어요?"

뭐든 시비를 걸 준비가 되어 있는 이웃 주민들에게 말대꾸를 하는 건 싸움으로 이어지곤 했다. 특히, 혜영과 유진만 나갈 경우에는 여자들뿐이라고 더 쉽고 만만하게 보고 시비를 걸곤 했다. 혜영의 대답을 들은 할머니는 죽어서도 도움이 되지 않는다고 구시렁거리면서 자꾸 집 안을 기웃거렸다. 일부러 세게 치고 들어간 혜영은 문고리를 잡고 말했다.

"냄새 난다고 하시니까 문 닫고 할게요."

"아니, 잠깐만 좀 볼게."

"뭘 보시게요?"

"쓸 만한 게 있나 해서."

어느 정도 예상한 대답이 나왔지만 어이가 없어진 혜영이 물었다.

"쓸 만한 게 있으면요? 여기 살던 사람 다시 돌아올 거예요."

"여기로 다시 온다고?"

화들짝 놀란 할머니에게 혜영이 문을 닫으면서 말했다.

"사람이 죽은 것도 아니잖아요."

문을 닫은 혜영의 대꾸에 할머니는 재수 없는 소리를 한다고 목소리를 높였다. 문을 닫고 돌아선 혜영에게 베란다 쪽 청소를 시작한 유진이 물었다.

"누구야?"

"옆집 할머니."

"또 뭐 가져가려고 그러는 거야?"

"똑같지 뭐."

"날파리들도 아니고."

시신의 흔적에 남아 있던 날파리는 사람을 보면 도망쳤다. 하지만 인간 날파리들은 아무리 쫓아내도 더 달려들곤 했다. 쓴웃음을 지은 혜영은 유진이 먼저 들어간 베란다로 들어갔다. 바닥에 화장실 타일이 깔린 긴 베란다 역시 쓰레기로 가득 차 있었다. 거실과 부엌 쪽이 먹을 것들 위주였다면 이쪽은 옷가지와 소형 가전 위주였다. 오래된 선풍기가 고개를 숙인 채 처박혀 있었고, 그 주변으로는 검게 변한 속옷과 다른 옷가지들이 보였다. 집게로 속옷 하나를 집어 든 유진이 방진 마스크를 고쳐 쓰며 말했다.

"이 새끼 팬티에 똥을 싸고 그냥 벗어 버렸네.

"엄마가 기절초풍할 만하네."

"진짜 애지중지 키웠을 텐데, 억장이 무너졌을 거야."

홀로 아이를 키웠던 두 사람은 잠깐 동안 이 쓰레기 더미를 만든 남자의 엄마를 떠올렸다. 그리고 동시에 한숨을 쉬면서 베란다를 정리했다. 소형 가전들은 선을 잘 정리해서 거실로 내놨고, 분비물이 묻은 속옷들은 쓰레기봉투에 넣었다. 말라붙은 배변들이 부스러기로 변해서 바닥에 떨어졌다. 그걸 본 유진이 짜증을 냈다.

"집을 이렇게 쓰면 어떡해, 진짜."

"그러게."

둘은 점점 말이 없어졌다. 베란다 한구석에는 둘둘 말린 매트 같은 게 보였다. 조심스럽게 펼치자 역시 소변의 흔적이 여기저기 보였다. 한숨을 쉰 유진이 도로 매트를 둘둘 말았다. 가장 큰 쓰레기봉투에 들어가지 않아서 억지로 구겨서 넣어야만 했다. 겨우 집어넣고 한숨을 돌린 유진이 낑낑대며 쓰레기봉투를 묶으려던 혜영에게 말했다.

"그냥 놔둬. 이따가 테이프로 묶을게."

"그럼 이제 남은 건 안방인가?"

"문도 안 열릴 거 같아."

울상이 된 유진이 안쪽으로 열리는 문을 밀었다. 유진의 얘기대로 쓰레기들 때문인지 좀처럼 열리지 않았다. 간신히 문을 연 유진이 한숨을 쉬었다.

"침대 높이만큼 쓰레기가 쌓였네."

그 얘기를 들은 혜영은 현관에 놔둔 쓰레기봉투를 더 가져왔다. 방 안에는 구석에 있는 침대와 벽장, 그리고 책상이 전부였다. 책상 위는 물론이고, 텅 빈 벽장부터 바닥은 온통 페트병과 음식물 쓰레기와 박스들이 뒹굴었다. 혜영이 오래된 닭의 뼈를 밟자 과자가 부스러지는 소리가 났다. 피자 박스 안에는 말라비틀어진 피자가 들어 있었다. 음식과 박스를 분리해서 집어넣었다. 그나마 방이 작아서 금방 치울 수 있었다. 바깥에 언제든 시비를 걸 수 있는 방해꾼이 있다는 생각에 두 사람은 숨도 쉬지 않고 일했다. 말없이 일하던 혜영은 힘들어하는 유진에게 말했다.

"책상은 내가 치울게."

"오케이. 난 매트리스 살펴본다."

책상 아래로 쓰레기봉투의 주둥이를 벌리고 팔로 위에 있는 쓰레기들을 한 번에 쓸어서 넣었다. 찌그러진 종이컵과 치킨을 담았던 박스들이 주르륵 쓸려 들어갔다. 그러다가 뭔가 다른 게 들어간 걸 깨닫고는 쓰레기 봉지를 뒤적거렸다. 그녀가 찾아낸 먼지와 얼룩이 잔뜩 묻은 액자에 든 가족사진이었다. 가운데 남자를 두고 부모가 양옆에 방패처럼 서 있었다. 가운데 의자에 앉은 남자가 아무래도 이 쓰레기 집의 주인 같았다.

"멀쩡하게 생겼는데."

혜영의 중얼거림을 들은 유진이 혀를 찼다.

"겉만 보고 어떻게 알아. 네 남편이랑 내 남편도 멀쩡하게 생기긴 했었다. 눈 두 개, 코 하나, 입 하나."

유진이 손가락으로 순서대로 눈과 코, 입을 가리키자 혜영은 크게 웃었다. 한결 가벼운 기분으로 클리너를 뿌려서 액자의 표면을 닦은 다음에 책상 위에 올려놨다. 매트리스 위를 대략 정리한 유진도 그 위에 클리너를 뿌렸다.

"나머지는 내일 하자. 오늘 다 하려고 하다가는 골병들겠어."

"그러자. 쓰레기 밖에 내놓을까?"

"응, 나는 창문 좀 열어서 환기를 시킬게. 화장실은 열어 보지도 못하겠다. 겁나서."

"추가 요금 받을 거지?"

"어, 얘기한 거랑 너무 다르잖아. 속일 게 따로 있지 말이야."

유진이 의뢰인에게 처음 찍은 사진을 보내고 뒤이어 카톡을 보내는 동안 혜영은 잠시 자신의 집을 떠올렸다. 누군가 죽거나 쓰레기 천지인 것은 아니지만 자칫하면 빼앗길 수 도 있는 상황이었다.

'난 아무 잘못도 하지 않았는데?'

스스로에게 물어봤지만 빌라에 전세로 들어가라고 바람을 넣은 사람 중에 책임지는 이는 없는 상황이었다. 어디서부터 잘못되었는지 생각해 보려고 했지만 머리만 더 아파 왔다. 자신의 집이 죽어 가고 있다는 사실에 절망한 것이다. 혜영에게서 등지고 현관을 바라보고 통화하던 유진은 입을 삐죽 내밀며 돌아섰다.

"왜?"

"돈이 없다고 징징거리네."

"그래서?"

"여기까지만 하고 철수한다고 했어."

"진짜?"

"방법이 없으니까 연락 오겠지. 두물머리는 못 갈 거 같고 근처에서 밥이나 먹고 가자."

1회용 위생복을 벗어 던진 혜영은 유진과 함께 근처 식당으로 향했다. 가면서 내내 두 사람은 약속이나 한 듯 옷에 코를 대고 킁킁거렸다. 고약한 냄새가 날까 봐 그런 것이었다. 다행히 시신이 있던 곳을 치우는 게 아니라 못 견딜 정도의 냄새는 나지 않았다. 그래도 근처 백반집에 들어가자 둘은 사람들이 없는 제일 구석 자리로 갔다. 그리고 종업원이 올 때 슬쩍 눈치를 봤다. 혹시나 냄새가 날까 봐 그런 것이었는데 다행히 쟁반을 들고 온 종업원은 별다른 표정을 짓지 않았다. 한숨을 돌린 둘은 물수건으로 손을 닦았다. 유진의 휴대폰으로 카톡이 왔다. 물수건을 내려놓고 휴대폰을 든 그녀가 혜영의 눈치를 슬쩍 살폈다.

"왜?"

혜영의 물음에 유진이 휴대폰을 내려놓으며 말했다.

"너 전세 보증금 문제 말이야."

"뭐래?"

"어려울 거 같대."

"내 돈 돌려받을 수 없는 거야?"

"전세 사업자가 잠수를 탔다며?"

"그렇다고 하던데."

"상황이 사업을 하다가 실패를 한 건지, 작정하고 사기를 친 건지 법적으로 애매하대."

"돈이 날아가게 생겼는데 애매하긴."

백반이 나오면서 잠깐 대화가 멈췄다. 혜영은 아침도 제대로 먹지 못해서 배가 고팠지만 방금 전 들은 얘기 때문에 입맛이 없었다. 젓가락을 들고 있는데 유진이 휴대폰을 내밀었다.

"이 새끼래. 혹시나 길 가다가 만나면 죽도록 패 버려."

휴대폰에는 흐릿한 사진이 찍혔다. 하지만 어디선가 본 낯익은 얼굴이었다. 젓가락을 입에 문 채 계속 바라보자 유진이 물었다.

"왜?"

"얘 말이야. 개잖아."

"얘가 개라니? 간장 공장 공장장도 아니고."

고개를 든 혜영이 유진에게 말했다.

"우리가 방금 전까지 치운 집에 사는 놈."

유진이 보여 준 화면 속의 전세 사기꾼, 빌라왕이라고 불리는 인물은 방금 전까지 둘이 투덜거리며 치웠던 빌라의 주인이었다. 책상에 놓인 가족사진 속의 그 남자라는 사실에 어안이 벙벙해진 혜영이 중얼거렸다.

"로또 만 원도 된 적이 없는데."

휴대폰을 살짝 뒤집은 유진이 물었다.

"이 새끼 어떡할래?"

"경찰에 신고할까?"

혜영의 물음에 유진이 고개를 저었다.

"잡혀 봤자 징역 좀 살다 나올걸?"

"돈도 안 뱉어 내고?"

"사업하는 데 썼다고 하면 못 돌려받아."

유진의 얘기를 들은 혜영은 백반에 나온 된장찌개를 먹으면서 생각에 잠겼다. 그러고는 결론을 내렸다.

"이 새끼를 잡자, 우리가."

"어떻게?"

"청소해 주고 나면 이 새끼가 돌아오겠지?"

"아마도."

"우린 비밀번호 알잖아."

혜영의 얘기에 유진이 눈빛을 반짝거렸다.

"밤중에 들어가서 뚝배기 깨자고?"

"어차피 경찰에 신고하는 건 도움이 안 된다며? 직접 받아내게."

혜영이의 대답을 들은 유진이 뒤집어진 휴대폰을 들고 카톡을 보냈다. 그리고 테이블 모서리에 놓으면서 말했다.

"걔 엄마한테 톡 보냈어."

"뭐라고?"

"그냥 다 치워 주겠다고, 며칠 후에 입주하라고 할게. 그때 돌아오자."

"괜찮아? 나 때문에 손해 봤네."

"꼭 갚아라."

"그럴게."

짧게 얘기를 주고받은 둘은 말없이 음식을 먹었다. 그러면서 옷에 냄새가 배었는지 중간중간 코에 대고 킁킁거렸다.

청소를 마치고 일주일 후, 혜영은 멀리 차를 세우고 빌라로 걸어갔다. 중간에 유진에게서 어디냐는 카톡이 와서 잠깐 멈춰 서서 위치를 알려 줬다. 유진은 입에 담배를 문 채 잠시 후에 빌라 앞에 나타났다. 담배꽁초를 하수구에 버린 유진이 위를 올려다봤다.

"준비됐어?"

"어, 괜히 너까지 휘말리는 거 아니야?"

"이미 휘말렸으니까 괜찮아. 세상에 전세 보증금을 떼어 먹는 놈이 어딨어?"

"많더라."

일주일 사이에 상황은 더 악화되었다. 부동산 사장은 아프다는 핑계로 사무실 문을 닫고 잠적해 버렸다. 피해자들은 구청이나 경찰서를 다니며 억울함을 호소했지만 소용이 없었다. 어디서도 도와줄 수 없다는 말이 반복되면서 사람들은 지쳐 갔다. 새댁과 남편은 매일 싸웠고, 결국은 새댁이 친정으로 가 버리고 말았다. 돈을 받을 수 없다는 사실이 점차 현실이 되자 사람들은 집을 미워하기 시작했다. 괜히 화를 내거나 짜증을 부렸다. 내 돈을 들여서 집을 빌렸는데 그 돈이 어디론가 사라져 버렸다는 사실은 공포스럽기 그지없었다. 어쨌든 아무도 못 찾은 사기꾼 빌라왕을 겁줘서 돈을 찾을 생각이었다. 장갑을 낀 그녀에게 유진이 물었다.

"준비됐어?"

"그럼."

짧게 대답한 혜영은 전기충격기를 가방에서 꺼내서 손에 쥐었다. 유진이 앞장서서 빌라 안으로 들어갔다. 깊은 밤이라 문들은 굳게 닫혀 있었고, 인기척도 드물었다. 통로에 있는 유모차와 박스를 피해서 조심스럽게 2202호 앞에 섰다. 유진이 예전에 쓰레기를 치울 때 받은 비밀번호를 눌렀다. 다행히 큰 소음은 나지 않고 문이 열렸다. 내부 구조도 이미 다 알고 있어서 금방 방으로 향할 수 있었다. 문을 반쯤 열어 놓고 자고 있어서 손쉽게 들어갔다. 방 안을 살핀 유진이 짜증을 냈다.

"또 컵라면 처먹고 쌓아 뒀네. 미치겠다, 진짜."

깨끗하게 치운 방구석에는 유진의 말대로 컵라면이 겹쳐서 쌓여 있었다. 혀를 찬 혜영이 전기충격기를 움켜쥐자 유진이 다급하게 말했다.

"잠깐 케이블 타이랑 테이프 좀 꺼내고."

유진이 부스럭거리며 장비들을 꺼내다 테이프를 떨어뜨리고 말았다. 바닥에 쿵 소리를 내며 떨어지자 사각팬티에 러닝을 입고 잠을 자던 남자가 반응을 보였다. 둘은 눈빛을 교환하고는 바로 움직였다. 혜영이 전기충격기를 누워 있는 남자의 눈앞에서 켰다. 파지직거리는 소리와 함께 푸른 불꽃이 튀었다. 어렴풋하게 눈을 뜨던 남자가 그걸 보고 기겁

했다.

"누, 누구야?"

"조용히 해! 안 그러면 전기로 튀겨 버릴 거야!"

그 사이 테이프를 집어 든 유진이 얼른 입을 막아 버렸다. 그리고 케이블 타이로 손과 발을 묶었다. 삽시간에 제압당한 남자가 발버둥을 치자 두툼한 뱃살이 출렁거렸다. 혜영은 망설임 없이 전기충격기로 배를 꾹 눌렀다. 남자의 눈이 튀어나올 것처럼 커졌다. 비명도 질렀지만 두툼한 테이프 때문에 밖으로 새어 나가지 않았다. 고통에 몸부림치는 남자에게 혜영이 말했다.

"물어볼 게 몇 가지 있어. 제대로 대답하면 조용히 물러나겠지만 그러지 않으면 밤새 이걸 쓸 거야. 대답할 준비가 되어 있어?"

남자는 필사적으로 고개를 끄덕거렸다. 유진이 조심스럽게 입을 막은 테이프를 떼어 냈다. 남자는 숨을 헐떡거리며 두 사람을 번갈아 가면서 바라봤다. 혜영이 입을 열었다.

"너, 빌라왕이지?"

남자는 떨리는 목소리로 대답했다.

"비, 빌라왕이 뭔데요?"

"빌라들 잔뜩 전세 준 거 말이야. 너, 몇 채 가지고 있어?"

"저, 저도 몰라요. 이 집도 엄마가 전세로 얻어 준 거에요."

"신관동 238번지 태광 빌라, 네 거 아니야?"

"신관동은 가 본 적도 없어요. 제가 밖에만 나가면 어지러워서 집 밖으로 안 나간 지 오래예요."

예상 밖의 대답이라 혜영은 살짝 당황했다가 전기충격기를 다시 켰다.

"제대로 대답 안 해?"

"지, 진짜요. 저는 그냥 명의만 빌려줬어요. 명의만."

"이름만 빌려줬다고?"

"네, 아는 친구가 사업한다고 명의를 빌려 달라고 했어요."

"아는 친구 누구?"

"훈섭이요. 정훈섭."

"그럼 걔가 전세 사기 치고 다닌 거야?"

"모, 몰라요. 그다음에는 만난 적이 없어서요."

예상 밖의 상황이긴 했지만 어느 정도 짐작은 했다. 부동산 사장 말대로 벤츠 끌고 다니면서 돈을 펑펑 쓸 스타일이 아니었기 때문이다.

"걔 지금 어디 있어? 연락처는?"

"폰 번호는 자주 바꿔요. 필요하면 텔레그램으로 연락하고요."

"텔레그램?"

"네, 그게 추적이 안 된다고 해서 연락은 그걸로 주고받아요."

"그놈이 돈을 다 떼어먹은 거야?"

"저, 정말로 잘 몰라요."

혜영이 주저하자 옆에 있던 유진이 나섰다.

"휴대폰 어딨어?"

남자는 가족사진이 있던 책상을 가리켰다. 유진이 가서 휴대폰을 들고 왔다.

"패턴 뭐야?"

"X요."

유진이 휴대폰 잠금을 풀고 텔레그램 앱을 찾아서 눌렀다. 암호 같은 이름이 몇 개 뜨자 유진이 다시 물었다.

"정훈섭이 어딨어?"

"제일 아래요. 계정도 여러 개 만들어서 연락이 와요."

유진이 제일 아래쪽 계정을 열자 얘기를 나눈 게 주르륵 떴다. 주로 통장에 이체된 금액을 가져가고 얼마를 남겨 놓는다는 식이었다. 그걸 본 유진이 혜영을 바라봤다.

"이 새끼는 바지 사장이었네."

"훈섭이가 우리 집 전세 사기 친 놈이야?"

"그런 거 같아."

결론을 들은 혜영은 남자를 내려다봤다. 손발이 묶인 뚱뚱한 남자가 갑자기 울먹거렸다. 겁이 나서 그런 줄 알고 혜영이 말했다.

"사실대로만 말하면 해치지 않을게."

"자, 잘못했어요. 저는 그냥 시키는 대로 했어요."

혜영과 남자의 얘기를 듣고 있던 유진이 남자에게 물었다.

"훈섭이라는 놈은 어디서 만날 수 있어?"

"몰라요. 그냥 필요하면 연락이 와요. 제가 만나지를 않아서요."

"그럼 만나자고 해 봐. 경찰 때문에 불안하다고 하면서 말이야."

"무, 무서워요."

남자의 말에 혜영이 발끈했다.

"무서워? 너 때문에 전세 보증금을 날린 사람이 한둘이 아닌데 그딴 소리를 해?"

혜영의 목소리가 높아지자 남자가 고개를 끄덕거렸다. 유진이 휴대폰을 건네주자 남자는 떨리는 손으로 상대방에게 메시지를 남겼다. 그리고는 둘을 번갈아 바라봤다.

"그런데 누구세요?"

대답은 혜영이 했다.

“너 때문에 피해 본 사람.”

“죄송합니다. 저는 그냥 시키는 대로 했어요.”

“그런다고 사람들한테 고통을 준 게 사라지는 건 아니야. 살던 집에서 갑자기 쫓겨나면 기분이 어떨 거 같아?”

“아무튼 죄송합니다.”

혜영이 남자를 윽박지르는 사이 무슨 일이냐는 텔레그램 메시지가 왔다. 유진이 무슨 메시지를 보낼지 속삭였다.

“경찰이 와서 불안하다고 해.”

답장은 바로 왔다. 자기 얘기를 했느냐는 물음이었다. 유진의 눈치를 살핀 남자는 곧장 얘기하지 않았다고 답장을 보냈다. 잠시 후, 답장이 왔다. 내용이 예상 밖이라서 혜영은 고개를 갸웃거렸다.

“한 시간 후에 오겠다고? 이 밤중에?”

마른 침을 삼킨 유진이 남자에게 말했다.

“기다린다고 해.”

“네.”

남자는 시키는 대로 텔레그램 메시지를 보냈다. 그리고 두 사람에게 말했다.

“저, 겁이 나서 그러는데 치킨 한 마리만 시켜 주시면 안 돼요?"

어이가 없어진 혜영이 쏘아붙였다.

"야, 지금 몇 신 줄 알아? 그리고 먹고 싶으면 나가서 사 먹어. 방에 쓰레기 넘치게 만들지 말고."

"밖에 나가면 사람들이 다 저를 보고 비웃는 거 같아서요."

"사람들은 너한테 관심이 없거든, 집 안에 처박혀 있으니까 전세 사기 앞잡이 노릇을 하는 거지."

"전혀 몰랐어요."

"모른다고 용서가 돼? 지금 길거리에 나앉게 생긴 사람이 한둘이 아닌데?"

당장이라도 울 거 같은 남자에게 짜증을 낸 혜영이 유진을 바라봤다.

"어떡할까?"

"오면 잡아 놓고 돈 토해 내라고 해야지."

"순순히 할까?"

"그럼 앉아서 전세 보증금 날릴 거야?"

유진의 말에 망설이던 혜영은 정신을 번쩍 차렸다.

그렇게 한 시간이 흐르자 어둠을 뚫고 차 한 대가 다가오는 소리가 들렸다. 창밖으로 슬쩍 고개를 내민 유진이 앉아서 쉬고 있던 혜영에게 말했다.

"온다."

"시간 딱 맞춰 오네."

"짠 대로 하자. 아까처럼 순식간에 처리해야 해."

"나 때문에 너무 많이 얽히는 거 아니야?"

"네 일이 내 일이지. 반대여도 그러지 않았을까?"

"물론이지."

둘이 얘기를 주고받는 사이에 현관의 전자 도어록이 열리는 소리가 들렸다. 여전히 침대에 누워 있는 남자에게 혜영이 말했다.

"시키는 대로 해. 그럼 치킨 시켜 줄게."

남자는 기쁜 표정으로 고개를 끄덕거렸다. 침대 밑에는 두 사람의 대화를 녹음하기 위해 유진의 휴대폰이 녹음 기능이 켜진 채 숨겨져 있었다. 혜영은 방 안에 있는 벽장에 숨었고, 유진은 바로 옆 부엌의 냉장고 뒤에 모습을 감췄다. 들어온 남자는 비교적 큰 키에 위아래로 검정색 추리닝을 입었고, 야구 모자를 눌러쓴 차림이었다. 현관문을 닫은 훈섭은 방으로 들어와서 누워 있던 남자에게 말했다.

"경찰이 언제 갔다 왔어."

남자는 두 사람이 알려 준 대로 대답했다.

"어제."

"근데 왜 밤중에 얘기해?"

"그게, 무서워서."

"뭐라고 했는데?"

"전세 사기 어쩌고 해서 모른다고 했어."

"내 얘기는 안 했지?"

"응, 그냥 인터넷에서 명의 넘겨주면 돈 준다고 해서 넘겼다고만 했어."

남자의 대답을 들은 훈섭이 흡족한 표정을 지었다.

"고마워. 안 그래도 만나려고 했는데 잘됐네."

혜영은 그의 마지막 말투가 약간 이상해서 고개를 갸웃거렸다. 훈섭이 주머니에서 칼을 꺼내는 걸 본 혜영이 소리쳤다.

"야!"

벽장을 열고 나온 혜영을 본 훈섭이 주춤거렸다.

"누구야!"

"경찰이다. 인마! 칼 버려!"

혜영의 외침에 훈섭이 코웃음을 쳤다.

"짭새 같이 생기지 않았는데, 아줌마."

소리를 들은 유진까지 방으로 들어오자 훈섭이 벽을 등지고 물러났다. 겁에 질린 남자는 침대에서 내려와 아래로 숨었다. 혜영은 가지고 있던 전기충격기를 켰고, 유진은 들고 있는 망치를 고쳐 잡았다. 훈섭이 칼로 침대를 가리키며 소리쳤다.

"이 배신자! 이 썅년들 처리하면 다음은 네 차례야!"

혜영은 그런 훈섭에게 소리쳤다.

"배신자는 너지. 입막음하려고 친구를 죽이려고 했잖아."

"친구는 무슨! 학교 다닐 때 내 셔틀이었어."

크게 비웃은 훈섭은 칼을 휘두르며 혜영에게 다가왔다. 뒤로 살짝 물러난 혜영은 전기충격기를 휘둘렀다. 푸른 불꽃이 튀는 전기충격기를 본 훈섭은 살짝 뒤로 물러났다. 그 틈을 노려서 유진이 망치를 휘둘렀다. 하지만 훈섭이 미리 예측했는지 아슬아슬하게 빗나가고 말았다. 오히려 유진이 망치를 휘두르다 균형을 잃고 넘어지고 말았다.

"안 돼!"

혜영은 쓰러진 유진을 찌르려고 했던 훈섭에게 다가갔다. 그리고 전기충격기로 어깨를 눌렀다. 놀란 훈섭이 펄쩍 뛰며 뒤로 물러났다가 침대 모서리에 걸려서 비틀거렸다. 그 틈에 일어난 유진이 욕을 하면서 망치를 휘둘렀다. 하지만 훈섭은 이번에도 망치를 피했다. 침대 위로 올라간 훈섭이 다가오는 두 사람에게 칼을 휘둘렀다.

"너희들 뭐야!"

훈섭의 외침에 혜영이 대답했다.

"너 때문에 전세금 날린 사람."

"그럼 곱게 길바닥에 나앉을 일이지 왜 지랄이야!"

"너 같으면 곱게 길바닥에 나앉겠어?"

혜영이 말다툼을 하는 사이 유진이 뒤로 돌아가서 발목을 낚아챘다. 놀란 훈섭이 비틀거리며 발을 빼내려는 사이, 혜영이 아랫배에 전기충격기를 갖다 댔다.

"우악!"

충격을 받은 훈섭이 칼을 떨어뜨리며 침대 위로 꼬꾸라지자 유진이 케이블 타이를 꺼내서 손목을 묶어 버렸다. 혜영은 전기충격기를 내려놓고 훈섭의 발목을 잡았다. 짧은 시간이었지만 둘 다 가쁜 숨을 내쉴 정도로 힘들어했다.

잠시 후, 정신을 차린 훈섭은 자신의 손발이 묶인 것을 보고는 발버둥을 쳤다. 그러다가 혜영을 보며 으름장을 놨다.

"좋은 말 할 때 풀어, 아줌마."

"좋은 말이 나올 상황이 아니라서. 친구는 왜 죽이려고 한 거야?"

"친구 아니라니까!"

"친구든 아니든, 왜 죽이려고 했어? 그것도 경찰이 찾아왔다고 하니까 바로 찾아왔네."

"입이 가벼운 놈이니까."

"저 친구를 앞세워서 전세 보증금을 사기 쳤지!"

"사기라니, 엄연히 계약서 쓰고 한 거야. 문제가 있었으면 경찰이든, 검찰이든 움직였겠지. 안 그래?"

훈섭의 대답을 들은 혜영은 고개를 절레절레 저었다.

"좋아. 불법이든 아니든 상관하지 않을 테니까 나랑 우리 빌라 사람들 보증금은 토해 내."

"없어. 한 푼도. 사업하다가 다 날렸다고."

"정말 뻔뻔하네."

혜영의 얘기에 훈섭이 코웃음을 쳤다.

"대한민국에서는 그래야 돈을 벌거든. 사기로 잡혀 봤자 감옥에서 몇 년 썩다 나오면 그만이야. 돈도 추징 못 하게 싹 다 숨겨 놨지."

낄낄거리는 훈섭의 대답에 듣고 있던 유진이 화를 냈다.

"아, 씨발. 진짜 망치로 대가리를 깨야 정신을 차리지."

"때려 봐. 여기서 날 죽이면 너희도 살인자야, 살인자."

훈섭의 웃음소리가 그치자 혜영이 침대 아래쪽에 대고 얘기했다.

"야! 휴대폰 줘 봐."

그러자 침대 밑에 숨어 있던 남자가 휴대폰을 쓱 밀어냈다. 그걸 본 훈섭의 표정이 굳어졌다. 휴대폰을 집은 유진이 녹음이 된 것을 확인하고는 주머니에 넣었다.

"사기죄는 모르겠지만 살인 미수는 얘기가 다르지."

"사, 살인 미수라니?"

"친구한테 경찰이 찾아왔다고 하니까 바로 찾아와서 죽이려고 했잖아."

"무, 무슨 소리야."

훈섭이 잡아떼려고 하자 혜영은 휴대폰을 꺼내서 얼굴을 찍었다.

"경찰한테 넘기고 네 얼굴을 인터넷에 퍼트릴 거야. 그럼 무슨 일이 벌어질지 궁금하네."

혜영의 얘기를 들은 훈섭이 몸부림을 쳤다.

"하, 하지 마. 그럼 난 죽은 목숨이야."

"너 때문에 죽을 사람들이 있으니까 그걸로 퉁치지, 뭐."

두 사람의 얘기를 들은 훈섭이 바로 대답했다.

"알았어. 돈 줄게."

"얼마나?"

"1억!"

"어림도 없지."

"2억 줄게. 진짜 그것밖에 없어."

유진과 눈빛을 교환한 혜영이 수첩을 꺼내서 계좌번호를 적었다. 그리고 훈섭에게 보여 줬다.

"여기로 넣어. 지금 당장."

"주머니에 있는 휴대폰 좀 꺼내 줘."

훈섭의 말에 유진이 남자의 주머니를 뒤져서 휴대폰을 꺼냈다. 그러자 훈섭이 송금을 하려면 팔을 풀어 줘야 한다고 말했다. 유진이 커터칼로 케이블 타이를 끊는 사이, 혜영은 남자의 어깨에 전기충격기를 꾹 눌렀다.

"허튼 짓하면 바로 튼다."

고개를 끄덕거린 훈섭은 휴대폰으로 혜영의 계좌에 돈을 이체했다. 그러고는 혜영에게 휴대폰을 보여 줬다.

"2억 이체했어. 이제 풀어 주고, 녹음된 것도 지워 줘."

훈섭의 부탁을 혜영은 대답 대신 케이블 타이로 다시 손을 묶었다. 그리고 훈섭에게 말했다.

"신관동 태광 빌라 전세 보증금 떼어먹은 것도 돌려줘."

"알았어. 내일까지 처리해 줄게. 제발 보스 귀에 안 들어가게 해 줘."

"그럼 그거 확인하고 녹음한 거 지워 줄게."

"야! 그걸 어떻게 믿고 돈을 태워?"

"너 같은 사기꾼 새끼를 믿으라고? 그러니까 이건 보험으로 들고 있을 거야."

욕설을 퍼붓는 훈섭에게 전기충격기를 흔들어 보인 혜영이 침대를 힐끔 바라보며 덧붙였다.

"친구한테 치킨 한 마리 사 주고."

혜영은 유진과 함께 욕설을 퍼붓는 훈섭을 남겨 두고 밖으로 나왔다. 새벽이 가까워졌는지 세상이 파랗게 변해 있었다. 혜영은 계단을 내려가면서 눈에 보이는 집들을 쭉 살폈다. 아파트부터 빌라, 단독 주택까지 다양한 형태의 집들이 보였다. 뒤따라오던 유진이 물었다.

"이제 네 집은 살아났네."

"맞아. 그런데 다른 집은 여전히 죽어 있어."

멈춰 서서 대꾸한 혜영에게 유진이 대답했다.

"한두 채가 아니겠지. 수천 채씩 가지고 있는 놈들도 더 있을 거 아니야."

"우리 좀 더 조사해 볼까?"

혜영의 물음에 유진이 피식 웃었다.

"일단 해장국부터 먹고 생각하자. 배고파."

"내가 살게. 가자."

둘은 유쾌하게 웃으며 계단을 내려갔다.

| 작가의 말 |

집은 우리에게 보금자리 같은 곳이다. 그런데 그런 안락한 장소가 공포스러운 무대로 변할 때가 있다. 그곳에서 사람이 죽었을 때, 그리고 잘못한 것도 없는데 쫓겨나야 할 때다. 고독사와 전세 사기에 관한 자료를 보면서 한번은 이야기해 보고 싶었다. 좋은 기회가 되어서 이야기를 썼는데 늘 그렇듯 현실을 기반으로 했기 때문에 안타까운 마음이 가득하다. 부디 모든 사람들에게 집이 안락한 기억의 무대로만 남기를 바라는 마음이다.

반송 사유
정보라

보낸 사람: 양현(yh0@thu.ac.kr)

2008년 3월 8일 토요일 00시 27분

받는 사람: 김혜, 김관, 윤석, 오영, 이창

제목: 세미나 자료

여러분 다들 세미나 준비 잘하고 있죠?

다음 주 우리 수업에서 다루는 주제하고 관련된 얘기가 여기 기사에 나와서 링크 보내요.

다들 주말 잘 보내시고 다음 주에 만나요!

냥현

(링크)

===

보낸 사람: 양현

2008년 3월 9일 일요일 15시 03분

받는 사람: 김혜, 김관, 윤석, 오영, 이창

제목: 세미나 자료2

여러분 자꾸 메일 보내서 미안한데요. 논문 자료 찾다가 이런 것도 발견했어요.

첨부하니까 한번 열어 보세요. 그리고 이번 학기 신입들 학술연구자료 데이터베이스 검색하는 거 다들 할 줄 알지? 모르면 오영이나 나한테 물어보든지 메일 보내!

냥현

첨부파일: PDF

==

보낸 사람: 김혜

2009년 2월 16일 월요일 12시 08분

받는 사람: 양현(nyang0001@mailbonae.co.kr)

제목: 언니 졸업 축하해요!

언니 졸업 정말 진심으로 축하드려요! 근데 저 이제 언니 없으면 어떻게 살죠? ㅠㅠㅠㅠㅠㅠㅠㅠ

졸업식에 못 오신다니 정말 너무 아쉬워요……. 그렇지만 새집도 새 출발도 축하드리구요!

저는 아직 졸업하려면 멀었으니까 언니 언제든 학교 오시면 꼭 연락하세요!

==

보낸 사람: 양현

2009년 2월 16일 월요일 21시 33분

받는 사람: 김혜

제목: RE: 언니 졸업 축하해요!

고마워! 나 없으면 어떻게 살긴 넌 열심히 하니까 혼자서도 잘할 거야! ㅎㅎ

나도 졸업식 너무 가고 싶었는데 너무 아쉽다. 이렇게 서둘러서 짐 싸서 떠나야 할 줄은 몰랐어. 지금 정신이 하나도 없다.

졸업장 찾으러 간다는 핑계로 학교는 어떻게든 한 번 더 갈 거니까 그때 보자. 건강하구!

냥

==

보낸 사람: 양현

2009년 7월 14일 화요일 01시 57분

받는 사람: 김혜, 김관, 윤석, 오영, 이창, 성희

제목: 오섬 박사

여러분 안녕하세요! 오랜만입니다. 단체 메일 보내게 되어 미안해요. 제가 요즘 너무 정신이 없어서 차분하게 컴퓨터 앞에 앉아서 메일을 쓸 여유가 없어요. 그렇지만 이건 꼭 자랑하고 싶었어요!

제 남편 오섬이가 드디어 오섬 박사가 되었습니다! 오늘 논문 심사 통과했다고 공식적으로 통지를 받았네요. 저와 남편과 호두에게 모두 기쁜 날입니다!

양현 드림

==

보낸 사람: 김혜

2009년 7월 15일 수요일 01시 42분

받는 사람: 양현

제목: RE: 오섬 박사

와아 언니 축하드려요! 드디어 오섬 박사님이 되셨군요! 정말 축하드립니다!

이제 오섬 교수님이 되시는 일만 남았네요! 곧 이루어지겠죠! 파이팅!

===

보낸 사람: 양현

2009년 8월 6일 목요일 21시 57분

받는 사람: 김혜

제목: RE: RE: 오섬 박사

고마워! 진짜로 빨리 오섬 교수가 되면 좋겠네.

너도 그냥 여기 와서 살면 안 되냐? 너하고 옆방에서 지내던 때가 정말 그립다.

냥

===

보낸 사람: 김혜

2009년 8월 7일 금요일 18시 26분

받는 사람: 양현

제목: RE: RE: RE: 오섬 박사

저도 언니 보고 싶어요! ㅠㅠ

언니는 어떻게 지내요? 집안에 박사님이 탄생하셨다는

사실에 대해 호두님은 어떻게 생각하십니까?

==

보낸 사람: 양현

2009년 8월 8일 토요일 00시 07분

받는 사람: 김혜

제목: RE: RE: RE: RE: 오섬 박사

난 그럭저럭 잘 지내고 있어. 도시에서만 살다가 갑자기 탁 트인 곳으로 오니까 적응이 안 되기도 하고 좋기도 하고 그래. 나무가 많아서 시원한 건 좋다. 여태까지 에어컨 한 번 안 틀었어. 전기 요금 무서워서 못 틀기도 하지만.

오섬이가 졸업했으니까 큰 고비 넘겨서 우리 둘 다 한숨 놓기는 했는데 앞날이 막막하다. 오섬이가 지금 가을 학기에 간신히 교양 강좌 하나 맡았는데 시간당 강의료 계산하면 월급이 백만 원도 안 돼. 세금하고 이것저것 떼면 한 팔십 몇 만 원? 오섬이는 겨울에 계절학기도 알아보고 내년부터는 다른 학교도 나간다고 하는데 당장 올해 어떻게 사냐고. 지금 빌린 집 월세하고 전기료 수도세 내고 나면 남는 게 없어. 생각할수록 갑갑한데 오섬이는 천하태평이고 얘기할 사람도 없고 가끔은 정말 너무 속 터져.

호두만 혼자 신났다. 요즘 매일 마당을 탐험하고 있어. 호두한테는 마당에 있는 새랑 벌레가 중요하지 집안에 박사님이 탄생한 걸 별로 신경 쓰지 않는 것 같아. 고양이한테는 박사님도 그냥 집사일 뿐이겠지. 근데 두 집사가 다 너무 가난해서 이러다가는 호두한테 먹을 거 사냥해다 달라고 해야 할 판이다. 호두 사진 첨부할게. 냥

첨부파일: 이미지

==

보낸 사람: 김혜

2009년 9월 7일 월요일 13시 21분

받는 사람: 양현

제목: RE: RE: RE: RE: RE: 오섬 박사

호두님은 역시 호두님이군요. ㅎㅎ 귀여워요.

처음에 강의 맡으면 다 그렇죠 뭐. 그래도 국립대가 강의료는 확실히 챙겨 주네요. 저 아는 선배는 조그만 사립대 전공 수업을 하는데 시간당 강의료를 언니 말씀하신 거 4분의 1 정도 준대요. 전공인데도요. 그리고 정말 너무 웃긴 게 학생 숫자에 강의료가 연동돼 있대요. 수강생 숫자 25명 기준으로 한 명 늘어날 때마다 강의료에 몇 천 원씩 더 붙는다는

거예요. 그런데 전공 수업이니까 그 학과 애들만 듣잖아요. 어딜 가서 수강생을 더 데리고 오냐고, 먹고살려면 전공 수업 영업 뛰어야 될 판이라고 그 선배가 한숨을 푹푹 쉬더라고요.

언니 새집 사진 잘 봤어요. 완전 멋지네요……. 뒷산이 정말 예뻐요. 그런데 밤에는 확실히 좀 무서우시겠어요……. 마당에 조명 같은 거 설치해 보시면 어때요? 사진 보니까 너무 어두워서 빛이 꼭 있어야 할 것 같아요.

학교는 드디어 개강을 했습니다. 지난주 학술대회에서 저 드디어 발표했는데 첫 세션 첫 발표라서 엄청 떨었어요! 아침 9시까지 와서 등록하라고 해서 저 8시 반에 갔는데 아무도 없는 거 있죠! ㅠㅠ 그래서 그쪽 대학원생들이랑 같이 책상 날랐어요. 저 치마 입고 하이힐 신고 갔는데 ㅠㅠㅠ

그리고 이번 대학원생 세션에는 좌장이나 토론자를 지정해 주지 않았다고 하더라구요. 저는 누가 피드백을 좀 줬으면 했는데 진짜 교수님들 아무도 안 오셨어요. 그래서 저희끼리 서로 발표자 소개하고 저희끼리 토론했어요. 저하고 또 여자 대학원생 둘하고 이렇게 여자 셋이서 발표했는데 그래도 청중에 저희 과랑 그쪽이랑 해서 대학원생들이 한 5-6명은 왔고 열심히 질문을 해 줘서 11시까지 꽉 채워서 토론했어요.

성희 언니도 오셨어요. 좀 늦게 들어오셨는데 너무 열심히 질문해 주셔서 진짜 고맙더라구요. 나중에 끝나고 커피도 사주셨어요.

나중에 성희 언니랑 다 같이 언니네 집에 한번 놀러 가면 좋겠네요. 우리 길 잃어버리지 않게 언니네 집 마당에 큰 조명 설치해 주세요!

==

보낸 사람: 양현

2009년 9월 10일 목요일 02시 11분

받는 사람: 김혜

제목: RE: RE: RE: RE: RE: RE: 오섬 박사

열심히 잘했네! 첫 발표에 교수님들 안 오신 건 차라리 잘됐어. 좀 덜 무섭잖아. 그리고 성희 언니는 아마 곧 또 보게 될 거야. 이번 우리 학교 임용에서 서류 통과해서 곧 학과 면접 보러 갈 거라고 그랬어!

임용 심사 얘기가 나와서 말인데. 나도 사실 오섬이네 학교에 강의 알아보러 갔었거든. 그런데 학과장 박태진 교수 그 사람이 내 이력서를 보더니 트집을 잡는 거야. 남들 박사

마치고도 남을 나이인데 왜 석사밖에 못 했냐고. 편입은 왜 했냐, 취직은 안 하고 왜 석사를 했냐, 취직이 안 돼서 대학원 간 거냐, 요즘 여학생들 대학원에 남편감 찾으러 간다던데, 이런 소리를 계속하는 거야. 너무 열받아서 뛰쳐나올 뻔했어. 그러더니 결국 하는 말이 자기네 학교 박사 졸업생들도 강사 하겠다는 사람이 줄을 섰대. 자기네 졸업생부터 자리 찾아 줘야 되고 나는 연고도 없고 세부 전공도 안 맞고 박사 학위도 없고 다 마음에 안 드니까 안 된다는 거야. 그러면 왜 사람을 오라 가라 하면서 시간을 낭비하게 만드니? 너무 속상해서 집에 오는 길에 내내 울었어. 버스는 또 왜 그렇게 안 오던지 참. 내가 진짜 이런 취급받을 정도로 형편없는 인생인가 싶고.

빨리 자야 되는데, 머리만 어지럽고 잠이 안 온다. 요즘에 잠을 잘 못 자. 새집에 적응이 안 돼서 그런 건지 취직 걱정 때문인지. 오늘은 산책이라도 해 보려고 밖에 나갔다가 낚싯바늘을 밟았어. 큰일 날 뻔했지.

산속 동네인데 웬 낚싯바늘인지 모르겠어. 이웃집도 너무 멀고 집 뒤 야산 말고는 갈 데도 없고. 하다못해 시간제 알바 자리를 알아보려고 해도 동네에 그 흔한 마트나 편의점도 없어. 과외를 하려고 해도 차가 있어야 아파트 단지까지 갈 수가 있어. 진짜 좀 갇힌 기분이다. 오섬이가 자리 잡지 않으면 내가 할 수 있는 게 거의 없네. 호두가 그나마 나 대신 잘 자고 있어서 다행이다.

냥

==

보낸 사람: 김혜

2009년 9월 12일 토요일 00시 41분

받는 사람: 양현

제목: 면접 뒷담화

우와……. 그 유명한 박 교수가 그분이군요. 소문대로 역시 굉장하네요. 그 학교는 여자 교수 안 뽑는 걸로 유명하잖아요. 강사도 여자는 안 뽑으려고 그렇게 트집을 잡는 건가요? 그 박 교수 그분만 그런 걸까요? 언니 마음 많이 상하셨겠어요. 힘내세요. 그 교수가 못돼 먹어서 그렇지 언니 인생은 쫄릴 거 하나도 없어요.

사실 그 박 교수 이번 학술대회 때 기조 강연 했어요. 제가 너무 일찍 가서 맨 앞에 앉아 있었는데 기조 강연 마지막 페이지를 잃어버리셨는지 출력을 안 하셨는지 하여간 눈에 보이게 허둥거리시더라구요. 어떻게 얼버무려서 강연은 그럭저럭 끝났어요. 그래 놓고 나중에 자기 대학원생들한테 막 짜증을 내더라구요. 자기가 자기 일을 제대로 못 하니까 남한테 트집 잡아서 깎아내리나 보죠.

언니 그냥 우리 학교 도로 오면 안 돼요? 언니가 말씀하신 임용 공고 그거 지원해서 그냥 도로 여기 와서 오섬 선배 버리고 제 방에서 같이 살면서 같이 학교 다녀요. ㅎㅎ

성희 언니 며칠 전에 학교에서 봤어요. 엘리베이터에서 만나서 저한테 커피 사 주셨어요. 솔직히 성희 언니 스펙에 정년 트랙도 아니고 강의 전담 교수 2년 계약은 너무 아까운 거 아닌가 싶어요. 언니가 더 잘 아시겠지만 지금 교수님들 한 분씩 다 은퇴하시는 중이고 대학원생은 계속 줄어들고 있잖아요. 이번 학기에도 우리 과 신입생 안 들어왔어요. 봄 학기에도 안 들어와서 그래도 가을에는 한 명이라도 들어오려나 했는데 올해는 완전 망했어요. 그리고 기영이는 군대 갔고 수열이하고 희상이는 유학 준비하고 있구요. 이러다가는 신임 교수님 누가 오시든 계약 기간 2년 동안 우리 대학원 과정 정리하고 그 다음에는 그냥 학과 문 닫는 게 아닌가 싶어요. 성희 언니가 교수님으로 오시면 정말 반갑겠지만 앞날이 별로 밝아 보이지 않아요.

저도 진짜 어떻게든 빨리 졸업해야겠어요. 언니하고 지내던 때가 그립긴 하지만 언니는 빨리 졸업하고 탈출해서 정말 다행이에요.

언니, 그 집 말고 다른 집은 구할 수 없어요? 언니가 너무 답답할 것 같아요. 그리고 너무 외진 곳에 집 한 채밖에 없어서 사진만 봐도 무서워요. 읍내에 좀 가까운 곳으로 집을 구해 보시는 건 어때요?

==

보낸 사람: 양현

2009년 9월 12일 토요일 22시 38분

받는 사람: 김혜

제목: RE: 면접 뒷담화

학교 상황도 참 갑갑하구나. 성희 언니야 뭐 능력 있고 연구 실적도 좋으니까 우리 학교 아니라도 다른 데서 오라는 데 많겠지.

나는 지금 상황이 전부 다 애매해. 솔직히 나도 이 집이 마음에 들어서 여기서 살자고 한 건 아닌데……. 우리 돈으로 구할 만한 데가 여기밖에 없었어. 오섬이네 사정 너도 알잖아. 누님이 거의 키운 거. 결혼식 때 부모님 안 나타나서 다행이라고 나중에 누님이 막 안심하시더라. 그런 말 들으니까 너무 속상하더라고. 그리고 우리 집도 재작년에 아버지 갑자기 돌아가시고 엄마 암 치료 받느라고 한 번 기둥뿌리 휘청했고. 오섬이는 여기 학교에서 학부랑 석사까지 나왔으니까 자리가 나면 눌러앉겠다고 하는데……. 그거야 오섬이 생각이지 자리가 난다고 우리 생각처럼 그렇게 척척 된다는 보장이 없잖아. 그 박 교수 직접 만나고 오니까 정말 앞이 깜깜하더라. 오섬이가 유학을 갔다 오길 했냐 집에 돈이 많길 하냐. 그러니까 여기 아니라 다른 데라도 자리가 나면 얼른 달려가야 하는데 이 동네는 시내에서 살려면 매매밖에 없어. 전세 물건이 아예 안 나오더라구. 그렇다고 앞으로 어떻게 될지도 모르는데 무작정 빚내서 집을 살 수도 없고. 어차피 오섬이는 강사고 나도 지금 이 지경이니까 은행 입장에선 부부 둘이 다 무직이니 대출 받으려고 해도 돈 빌려주지도 않아. 그런데 월세는 아무리 찾아봐도 이런 집밖에 없어. 한참 시골에 뚝 떨어진 외딴 집. 이 집이 그나마 버스 정류장에 걸어갈 수 있는 거리에 있어서 여기로 정한 거야.

그러니까 뭐 그냥 당분간 버텨 보는 수밖에 없을 것 같아. 내년이 되면 방향이 좀 보이려나 싶다. 복권이라도 사야 되나. 근데 이 근처에 편의점도 없고 복권방 가려면 너무 멀어ㅋㅋ 복권방이 멀어서 복권을 못 산다 야. 나 참.

메일 어떻게 끝내야 될지 모르겠네. 호두 사진 첨부할게.

냥

첨부파일: 이미지

==

보낸 사람: 김혜

2009년 9월 14일 월요일 17시 29분

받는 사람: 양현

제목: RE: Re: 면접 뒷담화

언니 추석 때 뭐 해요? 계속 시댁에서 전만 부치는 건 아니죠? 저 놀러 갈게요!

==

보낸 사람: 양현

2009년 9월 15일 화요일 01시 03분

받는 사람: 김혜

제목: 추석

우리 시댁 없어ㅋㅋ 오섬이 형님 미국에 계시고 누님은 명절 이딴 거 다 귀찮다고 전화해도 안 받으셔. 오섬이 누님 진짜 쿨한 분이야. 내가 결혼은 잘한 것 같아.

차례 지내고 너 편할 때 와도 돼. 아니면 차례 지내기 전에 아예 일찌감치 도망치든지ㅋㅋ

===

보낸 사람: 양현

2009년 10월 1일 목요일 10시 18분

받는 사람: 김혜

제목: 지도

우리 집 오는 길 첨부했어! 큰길에서 멀어서 그렇지 이 집 오는 길은 하나밖에 없으니까 찾기는 쉬울 거야. 잘못해서 산속으로 들어가지만 않으면 돼ㅎㅎ

그리고 올 때 길바닥에 뭐 떨어져 있지 않은지 잘 보면서 와. 나 오늘 아침에도 낚싯바늘 두 개나 밟았다. 오섬이도 어제 차 가지고 나가는데 타이어에 낚싯바늘 걸린 걸 모르고 국도를 그냥 달리다가 하마터면 국도에서 사고 날 뻔했대. 결국 타이어 갈았어. 진짜 웬 낚싯바늘이 자꾸 나오는지 모르겠다. 하여간 조심해서 와.

냥

첨부파일: 이미지

===

보낸 사람: 김혜

2009년 10월 4일 일요일 23시 46분

받는 사람: 양현

제목: 사진

언니,

너무너무 재미있었어요! 사진이 많아서 용량이 크다고 한 번에 다 첨부가 안 되네요. 두 번에 나눠서 보낼게요.

맛있는 거 만들어 주시고 놀아 주셔서 고마워요 언니! 그런데 직접 가서 보니까 집이 정말 외진 곳에 있네요. 안방 천장등은 고치셨어요? 설마 전기 배선에도 문제 있는 건 아니겠죠? 집주인한테 따져야 하는 거 아니에요? 정말로 다른 집을 구하시면 좋겠어요. 그렇게 어두운 곳에 언니 혼자 계시는 게 너무 걱정돼요.

대용량 첨부파일: 다운로드 100회 가능

==

보낸 사람: 양현

2009년 10월 27일 화요일 03시 12분

받는 사람: 김혜

제목: RE: 사진

무슨 억하심정인지는 모르겠는데 사진 절반은 파일이 손상됐다고 다운이 안 된다. 나머지 절반은 우리 집이 시커멓게 나왔어. 잘 놀았다면서 뭐가 문제인지 모르겠네. 우리도 지금 이 집에 오래 있을 생각은 없어. 오섬이가 자리 잡으면 학교 안에 교수 아파트 구할 거고 자리 못 잡으면 그냥 버틸 만큼 버티다가 나가려고 싼 집으로 구한 거야. 계속 말해도 못 알아듣나 본데 나나 오섬이는 너네 집처럼 부모가 다 해 주는 편한 팔자가 못 돼. 우리 집이 마음에 안 들면 앞으로 오지 마.

==

보낸 사람: 김혜

2009년 10월 27일 화요일 18시 19분

받는 사람: 양현

제목: RE: RE: 사진

언니,

죄송해요. 그런 뜻이 아니었어요. 사진은 제가 서툴러서 잘못 찍었나 봐요. 저는 정말로 재미있었고 언니 오랜만에 뵈어서 너무 좋았어요. 나쁜 뜻으로 말한 거 아니니까 마음 푸세요.

==

보낸 사람: 김혜

2010년 1월 3일 일요일 22시 27분

받는 사람: 양현

제목: 해피 뉴 이어!

언니 새해 복 많이 받으세요!

잘 지내고 계세요? 오섬 선배는 12월에 연합 학술대회 때 봤어요. 호두는 건강해요?

연락 좀 해요 언니.

==

보낸 사람: 양현

2010년 2월 17일 수요일 11시 52분

받는 사람: 김혜

제목: RE: 해피 뉴 이어!

너도 새해 복 많이 받아! 내가 연락이 좀 뜸했지.

사실 몸이 많이 안 좋았어. 호두도 아프고 나도 아프고. 그래서 설 연휴 핑계로 이번 달에 친정에 와서 눌러앉아 있어. 호두는 기운이 없고 먹은 걸 자꾸 토해서 병원에 데리고 갔는데 별 이상 없다고 그러고. 아마 마당에 돌아다니다가 뭘 잘못 주워 먹었나 봐.

나 사실 얼마 전에 유산을 했어. 지금도 많이 힘들다. 당분간 엄마하고 같이 있으려고 해. 내가 연락 자주 못 해도 이해해 줘. 냥

==

보낸 사람: 김혜

2010년 2월 17일 수요일 23시 31분

받는 사람: 양현

제목: RE: RE: 해피 뉴 이어!

세상에……. 언니 큰일 겪으셨네요. 호두랑 같이 어머님 댁에서 푹 쉬세요.

뭐 필요하신 거 있으면 얘기하세요!

==

보낸 사람: 김혜

2010년 4월 3일 토요일 16시 48분

받는 사람: 양현

제목: 생일 축하

언니 생일 축하해요! 잘 지내고 계시죠? 몸은 좀 나으셨어요? 호두는 어때요?

많이 힘든 건 아니죠? 어머님은 잘 계세요? 연락 좀 해요 언니.

===

보낸 사람: 김혜

2010년 7월 5일 월요일 00시 56분

받는 사람: 양현

제목: 전화

언니 왜 전화 안 받아요? 또 무슨 일 있는 건 아니죠?

===

보낸 사람: 김혜

2010년 9월 6일 월요일 11시 23분

받는 사람: 성희

제목: 양현 언니

성희 언니 안녕하세요. 저 기억하실지 모르겠네요. 당화대학교 김혜입니다. 전에 학술대회에서 뵈었죠. 제가 발표할 때 많이 도와주셔서 감사했습니다.

다름이 아니라 양현 선배님이 잘 지내고 계시는지 연락을 해 봤는데 전화를 받지 않으셔서요. 제 대학원 동기나 선배

들 중에도 양현 선배하고 최근에 통화해 본 사람이 없다고 합니다. 성희 언니 혹시 양현 선배 어떻게 지내는지 아시나요? 오섬 선생님께 혹시 물어봐 주실 수 있을까요? 불쑥 이런 연락 드려서 죄송합니다.

김혜 드림

===

보낸 사람: 성희

2010년 9월 6일 월요일 20시 02분

받는 사람: 김혜

제목: RE: 양현 언니

네 메일 받고 오섬이한테 전화했는데 별일 없대. 양현이 올 초에 많이 아팠다가 나았고 요즘 좀 자기만의 세계에 빠져서 사는 것 같다고 그러긴 하는데. 딱히 무슨 일이 있는 것 같지는 않더라.

잘 지내지? 언제 밥이나 먹자.

===

보낸 사람: 양현

2011년 2월 7일 월요일 10시 18분

받는 사람: 김혜, 김관, 윤석, 오영, 이창, 성희 외 32명

제목: 오섬 교수

여러분 축하해 주세요! 오섬 박사가 드디어 오섬 교수가 되었습니다! 교수님들도 선배님들도 모두 임명장을 손에 쥘 때까지는 임용 절차가 끝나도 끝난 게 아니니까 입 딱 다물고 조심해야 한다고 말씀하셨지만 그래도 오섬이가 전화 받고 기뻐하는 걸 보니 저도 너무 좋네요.

3월 2일부터 출근합니다! 출근길에 낚싯바늘 밟지 않게 빌어 주세요!

양현 드림

==

보낸 사람: 김혜

2011년 2월 7일 월요일 14시 43분

받는 사람: 양현

제목: RE: 오섬 교수

언니 오랜만에 좋은 소식 주셨네요. 연락 주셔서 감사해요.

정말 축하드려요! 오섬 교수님께도 제가 축하드린다고 전해 주세요!

언니도 잘 지내시는 거죠? 호두는 건강해요?

언니 이제 오섬 선배가 교수님 됐으니까 그 집 나와서 교수 아파트로 이사 갈 수 있겠네요! 언제 이사 가세요? 제가 도와드릴 일은 없나요?

정말 축하드려요!

==

보낸 사람: 오섬

2011년 3월 7일 월요일 18시 09분

받는 사람: (학술단체)

제목: 학과 창립 60주년 기념 우수 논문 공모

저희 괄산국립대학교는 학과 창립 60주년을 맞이하여 우수 논문 공모전을 실시합니다. 학과 전공에 관련된 자유 주제로 논문 분량은 아래아 한글 글자 크기 11 기준 A4 용지 20매 내외(참고문헌 별도)입니다. 엄격한 심사과정을 거쳐 선정된 논문에는 다음과 같은 상금이 수여됩니다.

총장상: 1인 300만 원

학장상: 2인 각 150만 원

학과장상: 3인 각 50만 원

논문 지원 자격은 대학원생(석사 재학) 이상 누구나 가능합니다. 마감일은 2011년 5월 31일입니다. 자세한 응모 요강

및 논문 접수는 학과 홈페이지 공모 요강을 참조하십시오.

학과 홈페이지 공지사항: (링크)

문의: 오섬 교수 (메일 주소) (연구실 전화번호)

===

보낸 사람: 양현

2011년 3월 9일 수요일 00시 53분

받는 사람: 김혜, 오영, 이창 외 6명

제목: 호두

호두를 사랑하고 한때라도 돌봐 주셨던 여러분께.

호두가 무지개다리를 건넜습니다. 어제 마당에서 놀다가 갑자기 낚싯바늘이 목에 걸려 피를 흘리기 시작했습니다. 서둘러 병원에 데리고 갔지만 낚싯바늘이 심장을 뚫었다고 합니다. 호두는 다시 깨어나지 못했습니다.

호두가 없는 삶은 상상할 수 없었는데 이제 어떻게 해야 할지 막막합니다. 호두를 사랑하고 돌봐 주셨던 분들을 위해 가장 최근 사진을 첨부합니다. 호두가 고양이별에서 행복하게 살도록 빌어 주세요.

양현 드림

첨부파일: 이미지

==

보낸 사람: 김혜

2011년 3월 9일 06시 37분

받는 사람: 양현

제목: RE: 호두

언니……. 너무 힘드시겠어요. 정말 어쩌면 좋아요. 호두가 고양이별에서 행복하게 지내기를 기도할게요.

언니는 괜찮으세요?

==

보낸 사람: 양현

2011년 9월 8일 목요일 23시 17분

받는 사람: 김혜, 김관, 윤석, 오영, 이창, 성희 외 32명

제목: 배 나온 양현

여러분 안녕! 다들 배 나온 양현이 어떻게 생겼나 궁금하시죠?

그래서 사진 첨부해요. 낚싯바늘 밟지 않으려고 조심하면서 찍은 사진입니다. 이 사진은 28주쯤 됐을 때 찍었는데 지금은 거의 31주 돼 가고 있네요. 우리 땅콩이는 배 속에서 건

강하게 쑥쑥 자라고 있습니다!

양현 드림

첨부파일: 이미지

==

보낸 사람: 성희

2011년 9월 9일 금요일 17시 26분

받는 사람: 김혜, 양현, 김관, 윤석, 오영, 이창 외 32명

제목: RE: 배 나온 양현

양현!

땅콩이 잘 크고 너도 잘 지내고 있다니 다행이다. 고양이 이름은 호두고 애기는 땅콩이고 너네 집은 어째 견과류 집안이네 ㅎㅎ

근데 사진이 이상해……. 너 하나도 안 보이고 다 시꺼멓게 나왔어. 내 컴이 고물이라 성능이 떨어지는 건지 하여간 안 보인다. 오섬이보고 다시 한번 잘 좀 찍어 보라고 해. 교수님이 어째 사진 실력이 영 꽝이네. 너도 이참에 카메라 해상도 좋은 스마트폰 한 대 마련해 봐.

==

보낸 사람: 양현

2012년 2월 7일 화요일 02시 54분

받는 사람: 김혜, 성희, 김관, 윤석, 오영, 이창, 박태진 교수님 외 106명

제목: 땅콩이

여러분,

땅콩이가 세상에 나온 지 백일이 되었습니다. 그동안 소식 전하지 못해서 이번에도 단체 메일을 드립니다. 저는 땅콩이와 호두와 함께 잘 지내고 있습니다. 오섬 교수는 학교에서 열심히 강의를 합니다. 친정 엄마가 오셔서 저와 함께 지내며 매일 땅콩이를 돌봐 주고 있습니다. 땅콩이는 맘마 먹고 매일매일 자라납니다.

우리 집은 너무 좋습니다. 집 뒷산에 숲이 우거져 언제나 시원하고 바람이 붑니다. 나뭇가지에 걸린 낚싯바늘이 바람에 흔들리는 소리가 매일매일 들립니다. 아침부터 낚싯바늘 소리를 들으며 밤에도 낚싯바늘 소리를 듣고 지냅니다. 땅콩이에게는 낚싯바늘을 밟으면 피가 난다고 가르칩니다. 호두는 낚싯바늘에 걸려서 피가 많이 났습니다. 저도 낚싯바늘을 밟아서 피가 났습니다. 땅콩이는 낚싯바늘을 좋아하는 착한 아이로 자라도록 잘 가르칠 예정입니다. 엄마가 매일 돌봐

주고 있습니다.

첨부파일: 이미지

==

보낸 사람: 성희

2012년 2월 7일 10시 06분

받는 사람: 김혜

제목: RE: 땅콩이

김혜야,

양현이가 보낸 메일 봤어? 최근에 양현이 만나거나 전화한 적 있어? 지난번에는 네가 양현이 때문에 나한테 메일을 보냈는데 이번에는 내가 너한테 똑같은 질문을 하는구나. 양현이가 내 전화를 안 받고 메일에 답장도 안 한다. 지난번에 사진 보내고 나서 반 년 넘게 소식 없다가 메일이 온 거야. 그런데 재 왜 자꾸 낚싯바늘 얘기를 하니? 그리고 지난번 임신한 사진 꺼멓게 나왔을 때는 내 컴퓨터가 이상해서 그런가 보다 했는데 이번 사진도 시꺼먼 걸 보내 놓은 거 보니까 아무래도 뭐가 이상해. 양현이 아직도 네 전화 안 받고 그래? 최근에 만나 본 적 없어? 양현이네 집에 가 봤다며? 그때는 아무 일 없었어?

==

보낸 사람: 김혜

2012년 2월 7일 17시 38분

받는 사람: 성희

제목: RE: RE: 땅콩이

성희 언니,

사실 저도 너무 걱정이 되는데 어디 얘기할 데가 없어서 어쩔 줄 모르고 있었어요. 낚싯바늘 얘기를 자꾸 하는 것도 그렇구요. 제일 걱정되는 게 호두 얘기인데요……. 메일로 말씀드리기는 곤란할 것 같아요. 언니 혹시 언제 시간 괜찮으세요? 제가 한번 찾아뵈어도 될까요? 저 스터디 있어서 방학 중에 언니네 학교에 계속 가요. 어디가 편하신지 말씀해 주세요.

김혜 드림

==

보낸 사람: 양현

2012년 5월 10일 목요일 13시 27분

받는 사람: 김혜

제목: 근황

잘 지내? 내가 연락이 너무 뜸했지? 아기가 태어나고 나니까 정말 정신이 하나도 없었어. 너뿐만이 아니고 아무하고도 제대로 연락 못 하고 그냥 아기한테만 매달려 있었네. 엄마가 와서 살림 봐주시지 않았으면 어떻게 됐을지 상상도 못 하겠어.

나는 지난달에 넘어져서 팔을 다쳤어. 별로 큰일은 아니고 어디에 걸려서 발을 헛디딘 모양이야. 어디에 걸렸는지는 모르겠지만……. 하여간 아기를 왼팔로 안고 있을 때 넘어졌거든. 아기를 놓치면 안 되니까 오른손으로 땅을 짚었는데, 아기 무게 때문에 생각보다 충격이 세게 갔나 봐. 수술하고 철심을 세 군데 박았어. 입원해 있느라고 아기는 뭐 엄마가 거의 독박 육아를 하고 남편은 나 때문에 병원에서 출퇴근하고. 난리도 아니었네.

지금은 퇴원해서 집에 왔는데 오른손을 잘 못 쓰니까 참 인생이 난감하다. 이 메일 타자 치는 데도 사흘이 꼬박 걸렸어. 한번은 아기가 엉겨 붙는 바람에 날려 먹고, 그냥 간단하게 사진만 보내려다가 마음먹고 다시 타자 쳐서 이 정도 쓴 거야.

아기 사진 첨부할게. 잘 지내고.

첨부파일: 이미지

==

보낸 사람: 김혜

2012년 5월 10일 목요일 21시 49분

받는 사람: 양현

제목: RE: 근황

언니,

철심을 세 군데나 박았으면 정말 크게 다치셨네요 ㅠㅠㅠ 친정에 가 계시는 건 어때요? 아기 데리고 너무 힘들지 않으시겠어요? 제가 한번 갈까요? 언니 언제 시간 좋으세요?

==

보낸 사람: 양현

2012년 5월 29일 화요일 02시 54분

받는 사람: 김혜

제목: RE: RE: 근황

ㅇㅎㅈ버 나 낙시버늘

유러ㅗ접 우리 집이야

낙시바늫이 있으니가

==

보낸 사람: 김혜

2012년 5월 29일 화요일 08시 16분

받는 사람: 양현

제목: RE: RE: RE: 근황

언니 전화 좀 받아요!!!

==

보낸 사람: 김혜

2012년 5월 29일 화요일 10시 28분

받는 사람: 오섬 교수님

제목: 양현 언니

오섬 교수님 안녕하세요? 저는 양현 언니 학교 후배 김혜라고 합니다. 학술대회나 세미나에서 가끔 뵈었는데 저를 기억하실지 모르겠습니다.

갑자기 이런 메일 드려서 죄송합니다. 다름이 아니라 양현 언니가 다치셨다는 소식을 들었는데 전화를 안 받으셔서 무슨 일이 있나 싶어서 메일을 드립니다. 양현 언니 무사하신가요? 별일 없으면 저한테 전화하라고 말씀 좀 전해 주시면 정말 감사하겠습니다.

김혜 드림

==

보낸 사람: 오섬

2012년 5월 30일 수요일 17시 02분

제목: RE: 양현 언니

김혜구나. 양현이 갑자기 열이 나서 응급실 갔다가 지금 장모님 댁에 있어. 병원에서 괜찮다고 했으니까 쉬면 나을 거야. 걱정해 줘서 고맙다.

==

보낸 사람: 양현

2012년 10월 16일 화요일 10시 34분

받는 사람: 김혜, 김관, 오영, 이창 외 42명

제목: 소식

여러분,

단체 메일을 보내게 되어 죄송합니다. 제가 지금 안 좋은 소식을 들어서 개별적으로 연락드리기가 매우 힘듭니다. 친정 엄마가 낚싯바늘 때문에 검사를 받으셨는데 유방암이 재

발했다는 결과를 들으셨어요. 의사 선생님 말씀으로는 전이가 되지 않았으니 찬찬히 검사를 더 해 보고 치료 방법을 의논해 보자고 하셨다네요. 엄마 말씀으로는 방사선 치료나 항암 치료가 더 나을지 수술을 해야 할지는 의사 선생님이 아직 확답을 안 하셨고 그냥 검사를 더 해 보자고만 하셨대요.

낚싯바늘 나씨가바늘 이렇게 ㅇ;락[ㅎ게 그래서 한동안 연락드리기 힘들지도 모르겠습니다. 저희 엄마의 회복을 빌어 주세요.

양현 드림

==

보낸 사람: 김혜

2012년 10월 16일 화요일 22시 19분

받는 사람: 양현

제목: RE: 소식

언니,

방금 메일 봤어요. 어머님 치료 잘 받으시고 얼른 다 나으시면 좋겠어요. 전이가 되지 않았다니 그나마 천만다행이에요. 의사 선생님이 당장 서두르자고 하지 않고 검사를 더 해 보자고 하셨으니 그것도 아마 생각할 시간이 더 있다는 뜻일 거예요. 어머님 쾌차하시기를 기원합니다. 늦었지만 땅콩이 첫돌도 축하해요.

그런데 언니 그러면 오섬 선배 출근하고 나면 애기 데리고 그 집에 혼자 계시는 거예요? 도와줄 사람 없어요? 혼자 계시면 힘들지 않아요? 제가 갈까요? 성희 언니한테도 물어볼게요.

==

보낸 사람: 김혜

2012년 10월 17일 수요일 07시 32분

받는 사람: 성희

제목: FW: RE: 소식

성희 언니,

안녕하세요. 김혜입니다. 언니도 양현 언니 메일 보셨죠? 양현 언니 팔 다쳐서 혼자서 아기 보기 힘든데 어머님까지 안 좋은 소식을 들어서 너무 걱정되네요.

언니 지난번에 뵈었을 때 양현 언니네 집에 한번 가 보신다고 하셨죠? 어떻게 되셨어요? 오섬 선생님한테 말씀해 보셨어요? 저하고 같이 양현 언니네 가 주실 수 있으세요?

==

보낸 사람: 성희

2012년 10월 17일 수요일 10시 41분

받는 사람: 김혜

제목: RE: FW: RE: 소식

김혜야,

내가 그때는 결국 시간이 안 맞아서 못 갔어. 이번에 한번 우리 같이 시간 맞춰 보자. 양현이하고 너 통화 되니? 오섬이한테는 내가 연락해 볼게.

==

보낸 사람: 김혜

2012년 10월 17일 수요일 21시 16분

받는 사람: 양현

제목: RE: RE: 소식

언니, 성희 언니하고 저하고 같이 한번 갈게요. 언니는 언제가 좋으세요? 오섬 선배도 다 같이 보면 좋을 테니까 언제가 편하신지 알려 주세요.

전화 좀 받아요 언니.

==

보낸 사람: 양현

2012년 11월 28일 수요일 05시 37분

받는 사람: 김혜

제목: 근황

김혜야 잘 지내? 오랜만이다. 항상 '오랜만'이라는 말로 소식을 전하네. 지금 엄마 치료 때문에 잠깐 친정에 와 있어. 언니가 와서 아기 봐주고 있어서 그나마 메일 한 줄이라도 쓸 짬이 났어. 지난번에 너하고 성희 언니 만나고 나서 많은 일들이 일어났지.

남편이 외국 대학에 잠깐이라도 나갔다 오려고 지금 자리를 알아보고 있어. 제일 쉬운 건 교환교수래. 그냥 돈 내고 1년 가서 놀다 오는 거 말이야. 그런데 남편은 아직 안식년 받을 연차가 안 되고 그런 거 갈 돈도 없어. 그래서 대신에 펠로십을 알아보고 있어. 이건 연구 교수 같은 거야. 일을 정말 빡세게 해야 되지만 정식으로 계약을 하고 연봉도 받는 거지. 운 좋으면 학교에서 살 집도 준대.

근데 나는 외국 간다는 얘기 듣자마자 애기는 어떻게 하고, 그 생각부터 들더라. 그리고 엄마 지금 항암 치료받는데 놔두고 나만 외국 가야 하나 생각하니까 깜깜해서……. 가려면 너 혼자 가라고 했어. 어차피 당장 가서 눌러 살자는 건 아니니까 오섬이만 먼저 가서 일하고, 나는 애기 데리고 친정 와서 엄마 돌봐 드리면서 같이 지내고. 그러려고. 그게 모두에게 가장 좋은 해결책인 것 같아.

아기 사진 보낼게. 냥

첨부파일: 이미지

==

보낸 사람: 김혜

2012년 11월 29일 목요일 06시 24분

받는 사람: 양현

제목: RE: 근황

언니, 소식 정말 고마워요. 어머님 치료는 어떻게 돼 가고 있어요? 언니 팔 다친 건 다 나았어요?

언니 그러면 그냥 아기 데리고 친정에 눌러앉으면 안 돼요? 오섬 선배는 당장 학교 기숙사나 주변 원룸이라도 알아보라고 하고 그 집에서 나와요. 언니 지금 팔도 아픈데 그 외딴집에 혼자 살면서 갓난아기를 어떻게 건사를 해요. 그냥 친정에서 지내는 게 좋지 않겠어요?

제가 갈까요? 언니 전화 좀 받으세요 제발. 제가 너무 걱정이 돼서 그래요.

==

(보낸 메시지)

← 성희(쌤)

2012년 11월 30일 금요일

성희 언니(1) 1:06PM

많이 바쁘세요?(1) 1:06PM

혹시 통화 가능하세요?(1) 1:07PM

==

보낸 사람: 오섬 교수

2013년 2월 8일 금요일 19시 50분

받는 사람: (학술단체)(학과 공지메일)

제목: 교양 강좌 임용 공고

괄산국립대학교에서 우수한 역량을 갖춘 비전임 연구겸임 대우교수를 초빙하고자 하오니 많은 관심과 지원 바랍니다.

□ 자격요건

○ 초빙 분야 관련 박사 학위 소지 또는 임용일 기준 박사 학위 취득 예정자

○ 영어강의 가능자 우대

○ 임용예정일 기준 만 65세 미만인 자

○ 국가공무원법 제33조 결격사유에 해당이 없는 자

○ 기타 법령에 의해 대학교원 임용 자격에 결격사유가 없는 자

□ 임용사항

○ 채용 구분: 비전임 연구겸임대우교수

○ 임용 기간: 2013년 9월 중 (1년 단위 재계약)

○ 타 기관에 전속하는 직을 겸할 수 없음

세부사항은 첨부한 공고문을 참조해 주십시오.

학과 홈페이지 모집요강: (링크)

문의: 오섬 (메일 주소), (연구실 전화번호)

첨부파일: 공고문

==

보낸 사람: 김혜

2013년 2월 12일 화요일 16시 43분

받는 사람: 양현

제목: 모집공고

언니,

오섬 교수님이 우리 학술단체에 비전임 대우교수 모집공고 낸 걸 봤어요. 지난번에 얘기하셨던 그 펠로십 자리 결국 찾으신 거예요? 잘됐네요. 언제 떠난대요? 언니는 지금 친정에 계세요? 그 집에서 혼자 지내실 수는 없잖아요?

언니가 빨리 그 집을 떠났으면 좋겠어요. 그 집에서 정말 빨리 나오셔야 해요.

===

보낸 사람: 양현

2013년 2월 15일 금요일 02시 44분

받는 사람: 김혜

제목: RE: 모집공고

아직은 어떻게 될지 몰라. 오섬이가 일단 박 교수님하고 얘기해 보긴 했는데 어쨌든 오섬이가 하던 강의를 대신 맡아줄 사람은 있어야 한대. 전임을 또 뽑을 수는 없으니까 강사 구하면 오섬이는 휴직 처리를 하든지 다시 생각해 보라고 그랬다나 봐.

호두가 자꾸 낚싯바늘을 가져와. 방바닥에 온통 낚싯바늘이 깔려 있어. 치워도 없어지지 않아. 마당에도 낚싯바늘밖에 없어. 호두가 가져와. 낚싯바늘.

==

(기사)

야산 실종자 수색 계속

괄산 지역 남부 야산 실종자 수색 사흘째 난항

입력 2013. 04. 09. 14:02

괄산국립대학교 교수 오섬 씨(42세)가 6일 오전 거주지 인근 야산을 산책하고 오겠다며 집을 나간 뒤 연락이 끊겨 지역 경찰이 계속 수색 중이다. 오섬 씨는 평소 집 근처에 있는 남괄산 숲을 자주 산책했다. 오섬 씨는 6일에도 숲을 한 바퀴 돌고 오겠다며 나갔다가 실종되었다. 경찰은 수색견을 동원하여 김 씨의 행방을 찾고 있으나 6일 내린 비로 인해 발자국 등 흔적이 씻겨 내려가 수색에 난항을 겪고 있다.

경찰에 따르면 오섬 씨는 키 175센티미터에 보통 체격이며 머리는 짧게 깎았고 금속 테 안경을 착용했다. 어두운 색 등산 바지와 갈색 바탕에 녹색 무늬가 있는 점퍼 차림이며 갈색 야구 모자를 쓰고 작은 검은색 배낭을 메고 있다.

==

(기사)

괄산 시신 발견

인근 주민들이 발견해 경찰에 신고

입력 2013. 06. 03. 13:53

남괄산 숲에서 시신이 발견되어 경찰이 수사에 나섰다. 인근 주민들이 산에 올랐다 시신을 발견하여 경찰에 신고하였으며 시신의 신원은 확인되지 않았다. 경찰은 시신이 지난 4월에 실종된 오섬 씨일 가능성에 무게를 두고 가족에게 시신 발견 사실을 통보한 상태다. 42세 대학 교수 오섬 씨는 남괄산 숲에 산책하러 나간 뒤 연락이 끊어졌다. 당시 경찰이 수색견까지 동원하여 남괄산 일대를 전부 수색하였으나 오섬 씨는 발견되지 않았다. 한편 경찰은 시신의 신원을 확인하기 위해 정밀 검사를 의뢰한 상태라고 밝혔다.

==

보낸 사람: 양현

2013년 6월 4일 화요일 04시 30분

받는 사람: 김혜, 김관, 오영, 이창, 박태진 교수님 외 130명

제목: 오섬 교수

안녕하세요. 양현입니다.

어제 남괄산에서 시신이 발견되었습니다. 아직 신원 확인이 끝나지 않았습니다만 아마도 저의 남편 오섬 교수일 것으로 생각하고 있습니다. 남괄산에 버섯을 채취하러 나갔던 지역 주민 몇 명이 서북쪽 기슭에서 시신을 발견하여 경찰에 신고했다고 합니다. 경찰이 저에게 연락하였으며 현재 신원 확인이 진행 중입니다. 발견된 사람의 옷차림과 소지품 또한 남편이 실종되었을 때의 것과 일치합니다. 주변 여러 분들께서 뉴스 혹은 방송을 보시고 연락을 주시고 있어서 SNS에도 이 메일과 같은 내용으로 게시하겠습니다. 시아주버님과 시누님도 소식을 들었으며 아마 시댁 다른 친척분들도 알고 계시리라 생각합니다. 시아주버님은 미국에 계셔서 현재 비행기표를 알아보고 있으며 누님은 내일 도착할 예정입니다. 더 확실한 소식을 듣는 대로 말씀드리겠습니다.

양현 배상

==

보낸 사람: Mail Delivery System

2013년 6월 4일 04:32

받는 사람: 양현

제목: 메일이 정상적으로 전달되지 못했습니다.

회원님께서 2013년 6월 4일 04:30 +0900 (KST)에 RFC822; kimh@thu.ac.kr으로 발송하신 메일이 전송되지 못했습니다.

(반송 사유)　　받는이의 메일 주소가 존재하지 않거나 오랫동안 사용하지 않아서 휴면 상태입니다.

(해결 방법)　　받는이의 정확한 메일 주소를 다시 한번 확인하셔서 발송해 보세요.

===

보낸 사람: 양현

2013년 6월 7일 금요일 21:03

받는 사람: 김혜, 김관, 오영, 이창, 박태진 교수님 외 130명

제목: 오섬 교수 신원 확인

안녕하세요. 양현입니다.

저의 남편 오섬 교수의 신원 확인과 사인 규명이 완료되어 경찰에서 공식적으로 통보를 받았습니다. 6월 3일 남괄산에서 발견된 시신은 오섬 교수가 맞습니다. 경찰은 남괄산 등반 도중 실족하여 추락사한 것으로 결론 지었습니다. 남괄산은 험하거나 가파르지 않은 산이지만 발견 당시 시신의 왼쪽 발목에 낚싯바늘이 걸려 있었습니다. 이러한 사실로 미

루어 경찰은 남편이 나뭇가지와 풀 등에 가려져 있던 낚싯바늘을 발견하지 못하고 실수로 밟아 중심을 잃고 넘어지면서 바위 위로 추락한 것으로 추정했습니다. 남편의 휴대폰은 바위 아래에서 부서진 채로 발견되었다고 합니다. 그러므로 남편이 부상이 너무 심해서 구조를 요청할 수 없었거나, 구조를 요청할 수단이 없었던 것으로 보입니다. 장례는 가족장으로 진행할 예정입니다. 부의는 정중히 사양하오니 마음으로만 애도해 주시면 감사하겠습니다.

양현 배상

===

보낸 사람: Mail Delivery System

2013년 6월 7일 21:06

받는 사람: 양현

제목: 메일이 정상적으로 전달되지 못했습니다.

회원님께서 2013년 6월 7일 21:03 +0900 (KST)에 RFC822; kimh@thu.ac.kr으로 발송하신 메일이 전송되지 못했습니다.

(반송 사유)   받는이의 메일 주소가 존재하지 않거나 오랫동안 사용하지 않아서 휴면 상태입니다.

(해결 방법)   받는이의 정확한 메일 주소를 다시 한번 확인하셔서 발송해 보세요.

==

보낸 사람: 박태진 교수

2013년 6월 8일 토요일 06:43

받는 사람: (학술단체)(학과 전체)

제목: [부고] 오섬 교수

우리 학회 회원이신 괄산국립대학교 오섬 교수가 별세하셨기에 삼가 알립니다.

빈소: 괄산대학교 병원 장례식장 1호실

발인: 2013년 6월 10일 오전 8시

연락처: 배우자 양현 님 010-0001- 0010

마음 전하실 곳: 국산AB은행 011111-00-00111 (예금주 학술단체)

부의금 송금 시 [송금인(부의금)]으로 입금해 주시기 바랍니다.

삼가 고인의 명복을 빕니다.

==

보낸 사람: Mail Delivery System

2013년 6월 8일 06:47

받는 사람: 박태진 교수

제목: 메일이 정상적으로 전달되지 못했습니다.

회원님께서 2013년 6월 6일 06:47 +0900 (KST)에 RFC822; kimh@thu.ac.kr으로 발송하신 메일이 전송되지 못했습니다.

(반송 사유) 받는이의 메일 주소가 존재하지 않거나 오랫동안 사용하지 않아서 휴면 상태입니다.

(해결 방법) 받는이의 정확한 메일 주소를 다시 한번 확인하셔서 발송해 보세요.

==

보낸 사람: 양현

2013년 8월 29일 목요일 21시 03분

받는 사람: 김혜

제목: 전화

김혜야 너 무슨 일 있니? 왜 전화 안 받아? 메일은 왜 자꾸

반송되는 거야? 애들한테 물어봤는데 너 이번 학기에 아예 학교 안 나갔다며? 도대체 어떻게 된 거야?

성희 언니가 얼마 전에 갑자기 전화를 했어. 사실 성희 언니가 얼마 전부터 나한테 계속 전화를 해. 나보고 집으로 오래. 자기가 집에서 기다리고 있대. 처음에는 무슨 말인지 몰라서 성희 언니네 집으로 오라는 얘기인가 했는데 그게 아니야. 계속 들어 봤더니 우리 집에서 기다리고 있다는 거야. 나하고 오섬이하고 빌렸던 그 월셋집. 오섬이 가고 나서 나 친정으로 오고 그 집은 내놨거든. 지금 빈집이야.

그래서 내가 성희 언니가 거기 왜 있냐고, 나 거기서 호두도 죽고 남편도 죽고 이젠 그 집 생각도 하기 싫다고, 안 간다고 그랬더니 성희 언니가 뭐래는지 알아? 우리 애기를 데려오래. 그러면서 성희 언니가 하는 말이 너하고 같이 그 집에서 기다리고 있다는 거야. 오섬이가 자꾸 이 집에서 나가려고 해서 자기가 먹었대. 지금 너하고 같이 그 집에서 기다리고 있으니까 나보고 아기 데리고 빨리 오래.

이게 대체 무슨 일이니? 그래서 내가 너한테 몇 번이나 전화했는데 너는 전화를 안 받고 학교 애들도 다 쌩까고 잠수탔다고 하고. 성희 언니는 또 나한테 꼭 밤에 전화를 해. 꼭두새벽에 애 재우고 잠깐 눈 붙이면 꼭 그때 전화를 해서 사람을 깨워 놓고 이상한 소리를 한다니까. 어제는 너무 화가 나서 전화기 꺼 놓고 잤는데 새벽에 또 전화가 왔어. 전화기 꺼놨는데.

김혜야 너 어디 있니? 제발 전화 좀 받아. 나 정말 어떡해야 될지 모르겠다.

==

보낸 사람: Mail Delivery System

2013년 8월 29일 21:06

받는 사람: 양현

제목: 메일이 정상적으로 전달되지 못했습니다.

회원님께서 2013년 8월 29일 21:03 +0900 (KST)에 RFC822; kimh@thu.ac.kr으로 발송하신 메일이 전송되지 못했습니다.

(반송 사유)　　받는이의 메일 주소가 존재하지 않거나 오랫동안 사용하지 않아서 휴면 상태입니다.

(해결 방법)　　받는이의 정확한 메일 주소를 다시 한번 확인하셔서 발송해 보세요.

==

〈주온〉(2002)부터 〈컨저링〉 시리즈(1편 2013년), 그리고 텔레비전 드라마 〈아메리칸 호러 스토리〉(2011-2022)와 〈힐 하우스의 유령〉(2018)까지, 나는 집을 배경으로 하는 공포물을 매우 좋아한다(사실 공포물은 다 좋아한다). 2008년 리만 브라더스 사태와 경제 위기 이후 미국에서 만들어진 공포물에 가장 자주 보이는 설정은 젊은 부부와 어린 아이들로 구성된 가족이 경매에 부쳐진 집을 싸게 구입해서 수리해서 판매하려고 입주했다가 악령이나 초자연적인 공포 현상을 마주친다는 것이다. 그런데 주인공 가족은 이 집을 구입하려고 가진 돈 다 끌어모으고 대출까지 받았기 때문에 다른 집을 구해서 이사할 여력이 없다. 미국 부동산 시장 상황과 전반적인 경기 침체 상황을 반영한 현실적인 설정이다.

이 설정을 한국화한다면 경제 위기가 굳이 필요하지 않다고 나는 생각했다. 한국에서 2020년대 현재를 살아가는 청년 비정규직이라면 누구나 최소한의 적절한 주거 환경조차 마련할 수 없는 공포 상황을 너무나 잘 알 것이다. 반지하 침수와 이로 인한 참혹한 사망 사건, 그리고 일명 '빌라왕'과 전세 사기범을 생각하면 현실이 언제나 소설보다 훨씬 더 무섭다. 그러나 피해자분들이 엄연히 지금도 계속 고통받는 상황에서 나는 이런 끔찍한 현실의 이야기를 소설에 사용할 수 없었다. 그래서 그냥 십여 년 전을 배경으로 내가 가장 잘 아는 비정규직 직군인 대학 강사와 그 주변 사람들을 중심인물로 삼았다. 대학 강사가 은행에서 전세 보증금 대출을 받을 수 없다는 것은 내가 경험해서 아는 사실이다. 나는 오랫동안 월세살이를 했고 은행 계좌 정보에 당시 나의 직업은 '무직'으로 분류되어 있었다.

사람은 누구나 어딘가에서 살아야만 한다. 그러므로 주거권은 기본권이다. 주거가 공포가 되어서는 안 된다. 현실 공포가 빨리 끝나고, '집 호러'는 그냥 소설이나 영화 속에나 존재했으면 좋겠다.

그렇게 살아간다

정해연

1

문득 이상한 기분이 들었다. 잠에서 어렴풋이 깨어나기도 전, 그것은 내 발목을 잡아 움켜쥐었다. 그것이 무엇인지 확인하기도 전에 나는 반사적으로 잡힌 두 다리 중 오른쪽 다리를 허우적거렸다. 순간 그것이 웃었다는 걸 느낄 수 있었다. 그와 동시에 내 오른 다리가 하늘로 불쑥 치켜들어 올려졌다. 벌어진 내 다리 사이로, 덮은 이불 아래에서 그것이 얼굴을 불쑥 내밀었다.

지방이라고는 하나도 없는 듯 늘어난 피부만 간신히 덮어놓은 사람 같은 얼굴, 푹 꺼진 양 볼과 툭 불거진 광대뼈, 그리고 무엇인가로 퍼낸 듯 텅 빈 동공. 그것은 두 달 전 죽은 내 아버지였다.

"같이 가자, 같이 가. 히히히히히."

나는 온몸을 비틀고 다리를 내저으며 아버지를 떨쳐 내려 했다. 목이 막힌 것처럼 비명은 나오지 않았다. 히히 웃는 아버지의 기괴한 소리가 목을 죄이는 것만 같았다. 내가 바르작거리면 거릴수록 아버지는 내 몸 위로 더 기어올랐다. 뼈밖에 남지 않은 시커먼 두 손이 내 어깨를 잡았다. 아버지는 나를 침대 아래로 당겨 내리려고 하는 것 같았다. 엄청난 힘이었다. 나는 그대로 따라가면 안 된다는 것을 알았다. 온몸의 힘을 다해 소리를 내질렀다.

"꺄아아아아악!"

비명이 터져 나온 순간 나는 눈을 번쩍 떴다. 사위가 휘휘했다. 나를 끌어내리려던 그 존재는 없었다. 천장을 올려다본 후에야 내가 아직 내 방에 누워 있다는 것을 알 수 있었다. 얼마나 난리를 쳤는지 이불이 바닥 아래로 떨어져 있었다. 온몸에 땀이 흥건했다. 거칠게 숨을 토하고 그 소리를 내 귀로 들으며 나는 안도의 한숨을 내쉬었다. 꿈이었다.

펄떡거리는 심장을 가라앉히며 잠시 귀를 기울였다. 다행히 옆방의 엄마는 깨지 않은 것 같았다. 아버지가 돌아가신

지 두 달이 지났지만 엄마는 불면에 시달리고 있었다. 새벽 두 시가 넘도록 잠이 들지 못해 괴로워하는 날들이 자주 이어졌다. 엄마가 내 비명 소리를 듣지 못했다면 지금은 잠이 들어 있는 것이었다. 그런 엄마의 잠을 깨울 수는 없었다.

아버지는 식도암이었다. 처음 수술을 받기 전 의사 선생님은 식도암 환자의 수술 후 5년 생존확률이 25퍼센트 밖에 되지 않는다고 했다. 5년을 생존한다 해도 완치가 아닌 경우가 훨씬 많다고 했다. 좁아진 식도로 음식을 제대로 섭취하지 못하면서 생활의 질이 떨어지는 환자가 많다고 경고했다. 그렇다고 수술을 하지 않을 수는 없었다. 이대로 두면 식도의 암이 커져 더 이상 먹지도 못한 채 죽음을 기다려야 한다고 들었기 때문이었다. 아버지는 25퍼센트의 확률 안에 들어 7년을 살다가 돌아가셨다. 좋은 죽음은 아니었다. 7년 내내 아버지는 수술 이후 좁아진 식도 때문에 제대로 먹지도 못하고 침대 생활을 하다 돌아가셨다. 그런 아버지의 7년은 생명과의 전쟁과 다르지 않았다. 차라리 수술을 하지 말았어야 했던 게 아닐까 하는 의미 없는 생각과 7년을 내내 싸웠다.

아버지는 먹는 것 자체를 고통스러워했다. 걸핏하면 음식이 좁아진 식도에 걸려 뱉어지지도 삼켜지지도 않는 고통 속에서 몸부림쳐야만 했다. 나 같아도 그 정도가 되면 식사 시간이 공포스러울 것 같았다. 입맛이 떨어지는 것도 당연한 일이었다. 아버지는 자주 식사를 거부했다. 그렇다고 보호자로서 그냥 둘 수 있는 노릇도 아니었다. 식사 문제로 아버지와 싸우는 날이 많았다.

아버지의 마지막이 잘 잊히지 않는다. 억지로라도 먹어야 사는 것 아니냐며 그날도 먹는 문제로 싸웠기에 평소와 마찬가지로 하루가 끝날 거라 생각했던 날이었다. 그런데 밤이 되자 아버지의 호흡에 문제가 생겼다. 숨이 잘 쉬어지지 않는다며 가슴을 터져라 때렸다. 곧장 119를 불러 병원으로 갔을 때 자다 불려 나온 듯 머리가 부스스하던 의사는 아버지에게는 이틀도 남지 않았다고 했다. 가족들을 부르라고 했다. 그 말이 무슨 뜻인지 이해되지 않아, 고장 난 컴퓨터처럼 나는 한참을 멍하니 서 있었다.

1인실로 올라갔다. 임종을 기다리는 환자는 다른 환자들과 같은 방을 쓸 수 없었다. 병실에 들어간 아버지는 가끔 몇 마디를 했지만 몇 시간도 되지 않아 혼수상태로 빠져들었다. 호흡기를 꼈다. 호흡기에서 나오는 산소에 맞춰 호흡을 하는 푸푸 소리가 아직도 귓가에 맴돈다. 가슴 깊은 곳에서부터 울려오는 가르랑거리는 가래 소리가 나를 괴롭혔다. 석션을 부탁했지만 아버지의 호흡을 힘들게 하는 가래는 나오지 않왔다.

온 가족이 모였다. 오빠는 급하게 서울에서 내려왔다. 언니도 놀란 얼굴로 병실에 달려들었다. 이미 혼수상태에 빠진 아버지를 붙잡고 서럽게도 울었다. 나는 지쳐 있었다.

호흡기에 의지해 숨을 쉬고 있는 아버지 옆을 온 가족이 지켰다. 식사 때가 되면 오빠가 밖에서 음식을 사 들고 왔다. 죽어 가는 아버지 옆에서 살겠다고 먹어야 하는 상황에 몇 번이고 목이 막혔다.

"지금 우리가 아버지가 살아나길 기다리는 건지, 죽기를 기다리는 건지 모르겠어."

언니의 말에 어떤 대답도 하지 못했다.

그리고 이틀째. 의사가 말한 것처럼 아버지의 마지막이 찾아왔다. 아버지의 손가락에 끼인 산소포화도 측정기나 아버지의 몸에 연결되어 측정되고 있는 혈압의 수치가 아니더라도 엄마와 나는 아버지가 전쟁의 마지막을 향하고 있다는 것을 알 수 있었다. 모든 수치가 추락하듯 떨어져 내릴 때 나는 다급히 간호사실의 호출 버튼으로 손을 뻗었다. 엄마가 내 손을 잡았다. 고개를 내저었다. 이제 아버지에게 평안을 주어야 한다고 했다. 나는 아버지의 얼굴을 봤다. 뼈밖에 남아 있지 않은 아버지의 모습은 전쟁이 지나간 폐허를 떠올리게 했다. 적어도 그때의 아버지는 살았을 때의 전쟁보다는 평안한 얼굴이었다.

어쩌면 그때 마지막으로 심폐소생술이라도 요청했어야 했던 걸까? 아무것도 하지 않고 죽음을 기다렸던 나를 아버지는 원망했던 걸까? 아니면 나의 죄책감 때문일까? 아버지의 장례를 치르고 집으로 돌아온 뒤, 나는 거의 매일 꿈에서 아버지를 만났다. 평화로운 꿈은 없었다. 그것은 악몽이라고밖에 말할 수 없는 것들이었다.

손을 들어 마른세수를 했다. 꿈이었지만 아직도 발목에 누군가 쥐었던 느낌이 남아있는 것만 같았다. 핸드폰을 열어 시간을 확인했다. 3시 49분. 아직도 한참은 더 자야 하는 시간이다. 나는 같이 가자던 아버지의 쉿소리를 떨쳐 내려는 듯 고개를 휘저으며 상체를 숙여 침대 밑에 떨어진 이불을 주워 올렸다.

그리고 무심결에 고개를 들었을 때 거기에 아버지가 있었다.

한참을 들여다보면 그 안에 빠져 다시는 헤어 나올 수 없는 터널 같은 두 눈이 내 얼굴 바로 앞에서 나를 보고 있었다. 썩어서 문드러진 피부들이 아래로 흘러내렸다. 반절은 사라져 버린 입술이 나를 보며 벙긋 웃었다.

"같이 가자."

나는 찢어질 듯한 비명을 지르며 온 힘을 다해 아버지를 밀었다. 아버지가 뒤로 밀쳐진 것인지 어떤 건지도 모르는 채 정신없이 침대 아래로 넘어지듯 굴러 내려왔다. 나는 제대로 일어서지도 못한 채 달려 방 밖으로 나갔다. 문턱에 걸린 것인지 거실로 나오기 무섭게 바닥에 넘어졌다. 거실에는 당연히 아무도 없었다. 거실을 가득 채우고 있는 것은 어둠뿐이었다. 나는 더 이상 홀로 공포를 이길 수 없었다.

"엄마, 엄마!"

나는 그대로 바닥에 엎어졌다. 소리를 지르고 나서 내 방 쪽을 보니 거기에는 깊은 어둠 말고는 아무것도 없었다. 아버지의 영혼이 사라진 것인지, 내가 또 꿈을 꾼 건지 분간할 수 없었다. 뜨거운 뭔가가 가슴에 복받쳤다. 내가 무엇을 잘못했기에 밤마다 이런 공포를 감내해야 하는 건지 알 수 없었다.

"엄마!"

치를 떨 듯 온몸을 흔들며 내가 가진 모든 힘을 끌어 모아 소리를 질렀다. 드디어 안방에서 인기척이 들렸다. 부스럭거리는 소리와 함께 다급히 뛰어나오는 소리가 나를 안도하게 했다. 안방 문이 열렸다. 안방의 열린 문 안에서 희미한 불이 새어 나왔다. 엄마의 침대 옆 보조 등의 불빛인 것 같았다. 나는 기도하는 마음으로 고개를 들었다. 또 아버지일지 모른다고 생각했던 것 같았다. 하지만 아니었다. 작은 키, 동그랗고 다정한 얼굴, 슬픔을 가득 담은 눈빛. 분명히 엄마였다.

"왜 그래?"

"엄마, 엄마. 어흐흑."

나는 그대로 울음이 터지고 말았다. 엄마는 황급히 무릎을 굽히고 앉아 나를 일으켜 내 안색을 확인했다.

"무슨 일이야, 진혜야?"

"아버지가……."

"또 아버지 꿈을 꿨어?"

나는 어깨를 들썩이며 겨우 말을 이었다. 엄마는 내 등을 꼬옥 안았다.

"또 아버지 꿈을 꿨어?"

내 등을 감싸 안은 엄마의 손에 힘이 쥐어진다.

"응? 아버지 꿈을 꿨어? 응? 히히히히히."

내 몸은 더 이상 벗어날 수 없을 만큼 강한 힘에 가두어졌다. 악몽은 끝나지 않는다.

2

"그동안 어떻게 지냈어요?"

맞은편에 앉은 의사를 나는 물끄러미 바라보았다. 지난 한 달여간 나를 맞이하는 그의 첫 질문은 늘 같았다. 나를 응시하면서 내 진료 기록이 담긴 파일을 한 장 한 장 넘기는 손의 움직임까지 같았다. 그는 수기로 차트를 관리했다. 컴퓨터는 처방을 입력할 때만 쓰는 것 같았다. 그의 업무 스타일인지 아니면 정신과는 다 이런 식으로 진료하는지 궁금했다.

우울증으로 정신과 병원을 다닌 지 오늘로 딱 한 달째였다.

아버지가 돌아가신 뒤 엄마와 나, 우리 둘만 남은 집 안은 우울에 짓눌려 있었다. 나도 힘들었지만 유난히 힘들어하는 엄마를 위해 나는 애써 요리를 하고 웃고, TV를 틀었다. 심각해지기 일쑤인 드라마보다는 아무 생각 없이 볼 수 있는 예능 프로그램을 돌려 틀며 엄마의 기분을 살폈다. 아버지가 살아 있을 때는 아픈 아버지의 기분을 맞추었고, 돌아가신 뒤에는 혼자 남은 엄마의 기분을 살펴야 했다. 남게 된 것은 나도 마찬가지인데 어쩐지 사람들은 엄마가 혼자 남았다고 늘 말했다.

"엄마 잘 챙겨라."

사람들은 나에게 말했다. 그럼 나는 누가 챙겨 주는지 누구도 말해 주지 않았다.

아버지가 돌아가신 뒤 2주째였던 걸로 기억한다. 식사를 하는데 밥이 넘어가지 않았다. 식욕이 없다거나 입맛이 없어 그러는 것이 아닌 정말로 음식이 목구멍으로 넘어가지 않았다. 처음에는 목에 힘을 줘서 억지로 삼켰다. 음식물들이 목구멍을 긁으며 내려가는 것이 느껴졌다. 물을 마시면 목구멍에 물이 얼마쯤 남아 있는 것처럼 느껴졌다. 마치 하수구 구멍이 좁아져 미처 내려가지 못한 물이 걸려 있는 것과 같은 느낌이었다. 헛기침을 해서 빼내야 숨을 쉬기가 편안했다. 목감기가 걸린 거라고, 그래서 목 안쪽 어딘가가 부은 거라고 생각했다. 그런데 증상은 그걸로 끝나지 않았다. 말이 어눌해지기 시작했다. 그걸 회사에 가서야 알았다. 집에서는 엄마와 대화가 없었기 때문에 언제부터 이런 건지 알 수 없었다. 두려움이 앞섰다. 뇌출혈이나 뇌경색의 증상과 비슷하지 않나 하는 생각에 인터넷 검색부터 했다. 비슷한 증상인 것 같아 반차를 쓰고 곧장 병원 응급실로 달려들었다. 내 목숨이 위험할 수도 있다는 생각보다 나까지 아프면 안 된다는 생각이 더 강했었다.

의사가 호출되어 내려왔다. 그는 내 눈에 빛을 비춰 동공 반응을 확인했고, 나를 침대에 걸터앉히고는 작은 쇠가 달린 막대기로 내 무릎을 쳤다. 내 다리는 그에 맞춰 위로 올랐다 내렸다를 반복했다. CT와 MRI를 찍었다. 결과가 나오기까지 시간이 걸린다고 했다. 벌써 며칠째 식사를 못 하고 있다고 말하자 입원이 결정되었다. 엄마에게 전화를 했다. 걱정할 건 없다고 결과만 나오면 집에 가겠다고 했다. 알겠다고, 엄마는 대답했다. 뭔가 필요한 게 없느냐고는 묻지 않았다.

다음 날 또 다른 검사를 받았다. 코로 내시경을 깊숙이 넣어 목구멍의 움직임을 보는 검사였다. 내시경이 코에서 목구멍으로 넘어가는 순간 눈물이 줄줄 나왔다. 따갑고 아팠다. 그 상태로 물을 마셔 보라고 했다. 의사는 내시경을 통해 내 목구멍의 움직임을 확인하며 고개를 갸웃거렸다. 그 다음은 위내시경 검사였다.

그렇게 몇 개의 검사를 받은 뒤 나온 결과는 우울증이었다. 신체적으로는 아무런 이상도 없다고 말했다. 음식을 넘기지 못하는 내 목구멍 역시 정상이라고 말했다. 정신건강의학과 협진을 넣어 놨으니 거기서 연락이 오면 내려가 상담을 받으라고 했다.

코에 내시경을 넣지도 않았는데 눈에서 눈물이 줄줄 흘러내렸다. 그냥 내가 불쌍했다. 몸이 이 지경이 되도록 뭐 했나 싶은 생각이 들었던 것은 아니다. 정확히 내가 어디가 어떻게 불쌍한지도 모른 채 나는 눈물을 흘리며 진료를 받았다. 약을 처방받았다. 정확히 사흘 만에 발음이 제대로 나왔고 닷새째 되는 날부터 식사가 가능해졌다. 그렇게 나는 우울증과의 싸움을 시작했다.

"아버지 꿈을 계속 꿔요. 계속 무서운 모습으로 나타나요. 절 괴롭히거나……. 어제는 같이 가자고 절 계속 잡아당겼어요."

내가 말하는 동안 의사는 파일에 뭔가를 적어 넣었다. 흘러내린 안경을 끌어 올리며 그는 고개를 들었다. 염색을 하지 않은 흰머리가 의사에게 잘 어울렸다. 나이가 지긋해 보이면 신뢰감을 더 줄 수 있을 거라고 계산한 건지도 모른다.

"장기적으로 투병하는 가족을 케어하던 사람들에게 흔히 나타나는 증상이에요. 진혜 씨도 엄마와 단둘이 아버지를 병간호해 왔잖아요. 결국은 지켜주지 못했다는 괴로움 같은 다양한 감정들이 죄책감으로 다가와 그런 악몽을 꾸게 하는 거죠."

나는 잠시 생각에 잠겼다가 항변하듯 말했다.

"다른 형제자매들에 비해서 전 아버지한테 정말 최선을 다했다고 생각해요. 그런데 왜 제가 죄책감을 느껴야 하는 거죠?"

사실이 그랬다. 따로 살고 있는 오빠와 언니는 한 달에 한 번 정도만 집에 왔다. 마른 몸을 안타까워하며 이것저것 음식을 사 드렸다. 아버지가 잘 드시면 왠지 내가 죄책감을 가져야 했다. 지금껏 내가 사 드린 것이나 내가 해 온 노력들은 모두 휴지통으로 들어가고 마는 것 같았다. 언니나 오빠가 그동안 뭘 했느냐고 쳐다보는 것만 같았다. 괜히 잘 드시는 아버지가 미워지기도 했다. 사실은 그나마라도 잘 드셔서 고마워해야 하는 것이었다.

언니와 오빠가 돌아가면 아버지는 원래대로 돌아왔다. 못 먹겠다고 짜증을 부렸고, 별것도 아닌 일에 화를 냈다. 통증으로 고통스러워할 때마다 온몸의 땀을 닦고, 토해 내는 가래를 받아 내는 일은 나의 것이었다.

"떨어져서 사는 가족들은 오히려 아버지에 대한 염려를 갖고 있었을 거예요. 그리고 아버지를 잃은 다음 그 감정들은 아버지에 대한 그리움으로 바뀌죠. 그만큼 옆에 있지 않았으니까요. 하지만 옆에 붙어 있는 가족들은 다르죠. 투병하는 동안 정말 많은 일들이 있잖아요. 아버지한테 화를 내거나 뱉고 나서 후회하는 말들을 하죠. 그래서 오히려 돌아가신 뒤 그런 마음들이 죄책감으로 깊게 고여 있는 거예요.

그걸 떨쳐 내야 해요."

의사의 말을 부인할 수 없었다. 나는 아직 의사에게 말하지 않은 일이 있다.

수술 후 아버지의 식도는 점점 좁아졌다. 넘어가는 음식물에 따라 자연스럽게 연동운동을 해 줘야 하는데 그러질 못했다. 밥을 먹다가 걸핏하면 음식물이 목에 걸려 고통스러워하기 일쑤였다. 뱉어 내지도 못하고 넘어가지도 않아서 밥상 앞에서 구역질하는 것은 다반사였고 증상이 심할 때는 한 시간이 넘도록 구역질을 멈추지 못한 날도 늘어 갔다. 아버지는 음식 먹는 것을 점점 거부했다.

먹지 못하는 병이지만 먹지 않으면 죽는다. 그 아이러니한 병을 안고 있는 사람으로서 의지가 박약하다고 생각했다. 어떻게든 먹고 살려 노력하지 않는다고 생각했다. 밥상머리에서 그런 아버지와 싸우는 것은 거의 일상이었다. 그때 난 기어이 그 말을 뱉고 말았다.

"죽더라도 먹고 죽어!"

그리고 아버지는 죽었다. 사인은 흡인성 폐렴이었다. 먹은 음식이 식도가 아닌 기관지로 넘어가 감염을 일으켜 폐렴이 온 것이었다. 결국 아버지는 내 말처럼 먹고, 죽었다.

그날, 아버지에게 억지로 먹이지 않았다면, 아버지는 죽지 않았을지도 모른다.

"이렇게 매일 같이 꿈을 꾸는데 정상인가요?"

나는 내 마음속 짙은 죄책감을 입 밖으로 꺼내지 않았다. 누구라도 알게 되면, 이 의사마저도 정말 너 때문이라고 말할 것 같아서였다.

"깊은 잠이 들지 못해서 그래요. 렘수면이라고 하죠. 깊은 잠이 들면 꿈도 꾸지 않게 되는데 어중간하게 잠이 들어서 그럴 수 있어요. 지금 처방되는 자기 전 약을 좀 더 추가하기로 하죠."

"수면제도 주세요."

의사는 나를 가만히 응시했다. 그러고는 다정한 미소로 말했다.

"일단 이번에 바뀌는 약을 먹어 보고 다시 얘기하기로 해요."

그는 미소를 거두고 컴퓨터에 뭔가를 입력했다. 그의 얼굴엔 어느새 미소가 사라져 있었다. 맥락 없이 이 의사도 하루 종일 하소연만 듣고 있으면 힘들겠다 싶었다. 그러고 보면 죽고 싶다는 말을 할 때마다 '지긋지긋하다'라는 표정을 내보인 것 같기도 했다.

"2주 치 약 드렸어요. 2주 후에 봅시다."

나는 묵례를 하고 일어나 진료실을 빠져나왔다.

새로 처방되는 약은 나의 말하지 못한 죄책감을 줄여 줄 수 있는 것일까? 그러면 밤마다 찾아오는 아버지가 사라질 수 있을까? 내가 만약 아버지의 죽음을 정말로 바랐다고 하면 저 의사는 어떤 표정을 지을까? 몹시 궁금해졌다.

3

아버지는 평생 옆에 있는 이를 힘들게 하는 사람이었다. 젊어서는 엄마에게 자신이 버는 돈을 가져다주는 것도 아까워했고, 그래서 일부러 일을 나가지 않기도 했다. 생활비가 없어 엄마가 식당에 나가자 그제야 안심을 했고, 나중에 식당을 열었을 때는 가게를 하루 쉬는 것도 눈치를 보게 만들었다. 입맛도 까다로웠다. 간혹 쉬는 날이 생겨도 손칼국수며 닭발을 삶아 짓이겨 만든 묵 같은 것들을 직접 만들게 했다. 엄마 손이 거치지 않은 음식은 먹으려 들지 않았다. 들어주는 엄마도 문제라는 생각을 하긴 했지만, 그렇게 하지 않으면 밥도 먹지 않고 하루 종일 성화를 부리는 아버지를 엄마도 버틸 수는 없었겠다고 이해하게 되었다. 내가 자라자 아버지는 나에게도 다르지 않았다. 직장을 다니기 시작하자 월급을 어느 정도 떼어 주지 않으면 하루 종일 입을 꾹 닫았다. 생신, 명절에는 더욱 흡족할 만한 돈을 요구했다.

그런 성정이 병환 중에도 나을 리 없었다.

아버지는 가족들이 자신을 낫게 하길 바랐다. 햇빛에 나가 걸으라는 의사의 말도, 너무 누워 있으면 안 된다는 말도 듣지 않으면서, 옆에 있는 가족들이 자신을 낫게 만들어 주기를 바랐다. 자신은 가만히 누워 있고, 가족들이 노력해 아버지의 암을 치료해 줘야 한다고 생각하는 듯 보였다. 하루 종일 누워 엄마가 끓여다 바치는 갖가지 뿌리 달인 물을 마시며 앓는 소리를 냈다. TV 속에 암을 이긴 사람들이 나오면 그들이 하는 운동은 보지 않고 그 가족들의 희생에 대해 입이 마르게 칭찬했다. 나는 퇴근하고 오면 하루 종일 침대에 누워 심심했을 아버지를 즐겁게 만들어 드려야 했고, 그것들은 대부분 아버지가 좋아하는 식물을 사 오거나 듣지도 않으면서 모으는 국악 CD를 사 오는 일이었다.

식도암은 고액 암으로 불린다. 말 그대로 병원비가 많이 든다는 뜻이다. 그런데 나중에 계산해 보니 치료비와 수술비 등 병원에 들어간 돈보다 아버지의 요구에 뭔가를 사 드린 금액이 훨씬 상회했다. 아버지는 갖고 싶은 것도 많았고, 질려 하는 것도 금방이었다. 자식 된 도리로 병든 아버지가 갖고 싶은 것은 다 사 줘야 한다고 생각하는 양반이었다.

병환이 깊어져 섬망을 앓던 때가 있었다. 그때는 엄마가 집에 남자를 숨겨 놨다며 온 집 안을 모두 엎었다. 소파며 옷장이며 모두 미친 듯이 끌어냈다. 그 뒤에 남자가 있다 했다. 하루 종일 거의 아무것도 먹지 못하는 양반이 그렇게 힘을 발산한다는 것은 정말 놀라운 일이었다.

식도암의 증상이 더욱 심해지면서 병원에 입원하게 된 뒤로 섬망은 더 심해졌다. 엄마와 내가 하루씩 번갈아 가며 아버지를 지켰다. 그러지 않으면 아버지는 링거 줄을 다 떼고 어딘가로 사라져 엄마와 나를 절망케 했다. 지킨다는 것은 잠을 자지 못한다는 것과 같다. 섬망은 치매 노인과 비슷하다. 잠깐만 눈을 떼도 금방 사라진다. 잠든 아버지 옆에 서서 졸음을 쫓기 위해 혼자 제자리걸음을 하기도 했다. 이틀에 한 번 자는 날이 지속됐다. 회사에 가서야 나는 쉴 수 있었다.

아버지가 돌아가셨을 때, 나는 정말 진심으로 간호사를 불러 심폐소생술을 요청하려 했던 걸까? 나 스스로도 그런 의문이 든다. 아버지의 사망 선고를 받고 나서 엄마와 나는 장례식장으로 이동해 각자 옷을 갈아입었다. 유가족을 위해 마련된 그 방에서 눈물을 줄줄 흘리며 내가 주먹을 움켜쥐었던 것은 슬픔이 아니라 '드디어!'의 감정이었음을 솔직히 말하지 않을 수 없다.

내 죄책감은 아마도 그것으로 기인한 것일 터다. 내가 더 아버지에게 잘해 주지 못해서, 내가 아버지에게 심한 말을 해서가 아닌, 아버지의 죽음에 기뻐했음을 나는 의사에게도 말하지 못했다.

"병원에서 뭐래?"

저녁 식탁에 마주 앉은 엄마가 물었다. 자세한 이야기를 하긴 어려웠다.

"약 계속 먹으면 나아질 거래."

엄마는 깊은 한숨을 내쉬었다.

"어제도 아버지가 꿈에 나왔다고 했지?"

"꿈인지, 가위에 눌린 건지 나도 이제 모르겠어."

"그놈의 영감탱이, 내가 이번 주에 가서 아주 혼쭐을 내 줄 거다."

엄마는 아버지가 돌아가신 후 3주에 한 번쯤 봉안당을 찾아가고 있었다. 너무 자주 가지 말라고 했지만, 엄마는 자연스레 점점 멀어질 거라며 웃어 보이셨다. 엄마에게 아버지는 그리운 존재인 걸까.

아버지의 7년이라는 긴 투병 시간 동안 엄마는 대단하긴 했다. 섬망으로 잠을 못 이룰 때에도 엄마는 아버지에게 짜증을 내지 않았다. 아버지가 집을 온통 뒤엎어도 병이라서 그렇다는 말로 나를 달래 놓고는 묵묵히 혼자서 치웠다.

더 이상 주사를 꽂을 때가 없어 정맥에 케모포트를 심었을 때가 있었다. 그때의 아버지는 미음도 거의 먹지 못하는 상태라 가정 간호를 받으면서 커다란 흰색 영양제를 24시간 맞아야 했다. 케모포트에 연결된 영양제는 처음엔 쉽게 들어가지만 그것도 사람의 정맥을 통하는 것이나 마찬가지라서 잘 안 들어가는 경우가 많았다. 엄마는 밤새도록 케모포트 입구 쪽을 이리저리 만지면서 아버지에게 영양제가 잘 들어가게끔 하곤 했다. 조금이라도 드실 수만 있다면 뭐든 해서 바치셨다. 시간이 날 때면 어떻게든 뭔가를 드시게 하려고 견과류 등 여러 가지 음식을 갈기도 했다. 아버지가 25퍼센트의 생존율을 넘어 7년까지 살았던 것은 엄마의 덕이라고 봐도 과언이 아니었다.

"잘 자."

밤이 되자 몇 번쯤 하품하던 엄마는 내게 인사를 하고 안방으로 들어갔다. 아버지와 매일 함께 쓰던 방. 아직도 안방에 들어가면 아버지의 가래 끓는 소리가 들릴 것만 같다. 그런 방에서 엄마는 매일 괜찮은 걸까.

나는 문득 내 방을 바라보았다. 문을 열면 시커먼 어둠이 아가리를 벌리고 나를 기다리고 있을 터였다. 들어가기가 두

려워졌다. 언니가 결혼을 한 후 생긴 내 방이 이렇게 끔찍해지리라 생각해 본 적이 없었다.

방을 바꾼다고 해서 나아질 리 없다는 것을 나는 잘 알았다. 거실에서 자도 마찬가지였다. 어차피 내 고통이 죄책감에 의한 것이라면 어디를 가든 그것은 나를 따라오고 말 것이었다. 아버지가 자던 방에는 들어가고 싶지 않았다.

그렇게 두렵고 싫은데도 안으로 들어가면 잠이 드는 것이 신기했다. 병원에서 주는 약의 효과는 대단했다. '자기 전'이라고 표시된 약을 먹으면 침대에 누워 채 10분도 지나지 않아 잠에 빠졌다.

거대한 무언가가 나를 내리눌렀다. 숨도 쉬지 못할 정도였고 몸은 꿈쩍하지도 않았다. 주변에서 어떤 남자가 뭔가를 말한다. 깊은 웅덩이를 통해 들려오는 것 같은 그 소리는 무슨 뜻인지 잘 알아들을 수가 없었다. 얼굴이 보이는 것도 아니고, 형체가 보이는 것도 아니었지만 나는 그것이 아버지라는 것을 깨닫고 만다.

이내 내 목이 홱 돌아간다. 정체를 알 수 없는 무언가가 나를 이리저리로 자기 마음대로 주무르고 있다. 몸이 누군가에 의해 반죽이 되는 것처럼 이리저리로 엉킨다. 남자의 목소리는 그대로 들려오지만 나는 정신을 차릴 수도, 비명을 지를 수도 없다. 자동 세차장에 맨몸으로 들어간 것처럼 알 수 없는 충격의 폭풍우 속에 나는 갇히고 만다. 다시 몸을 일으키려고 노력한다. 이를 앙다물고 그것에 대항해 보려 몸에 힘을 준다. 그러면 그럴수록 '그것'은 나를 놀리듯 내 얼굴을 자기 마음대로 주물러 버린다. 그러다 어느 순간 깨어난다. 깨어난 것인지 그것에 풀려난 것인지 알 수가 없다. 꿈이었던 건지, 정말로 가위에 눌린 채로 '그것'에 희롱을 당한 건지 알 수 없는 것이 이 부분이다. 나는 잠에 들었던 건지, 현실 세계에서 괴롭힘을 당하고 있는 것인지조차 분간할 수 없다.

내가 알 수 있는 것은 단 하나뿐이다. 나는 더 이상 잠을 잘 수가 없다.

4

의도적으로 자기 전 먹는 약을 먹지 않았다. 첫날은 그래도 잠이 왔다. 기다렸다는 듯이 악몽에 시달렸다. 꿈속에서 아버지는 우리 집 마당에 땅을 파고 있었다. 나는 홀딱 벗겨진 채 그 옆 나무에 묶여 있었다. 땅을 파던 아버지는 이따금 나를 보며 히히 웃었다. 뼈밖에 남지 않은 사람이, 수저도 들 기운도 없어 보이는 사람이 눈을 희멀겋게 뜨고 광적으로 땅을 파고 있었다. 나는 엄마를 부르고 싶었지만 소리는 커다란 덩어리가 되어 목구멍을 막았다. 아버지는 히히 웃을 뿐이었지만 나를 묻을 생각인 것이라는 걸 꿈속의 나는 명확히 알고 있었다. 눈물을 흘리며 나는 이따금 몸을 흔들어 보았지만, 묶여진 줄이 어찌나 단단한지 나를 더 옥죄어 올 뿐이었다.

이틀째 되는 날 저녁 약 역시 먹지 않았다. 몸에 쌓인 약 기운이 서서히 떨어지는지 잠이 들기까지 상당한 시간이 걸렸다. 똑같이 아버지의 꿈을 꾸었고, 온몸이 땀에 젖도록 괴로워했다. 이번의 꿈에서 아버지는 나의 손과 자신의 손을 맞대어 손가락 하나하나를 붕대로 휘감았다. 아무리 발버둥 쳐도 벗어날 수 없었다. 비명을 지르고, 아버지를 발로 차는 나를 보며 아버지는 뻥 뚫어진 눈으로 나를 바라보았다. 원망인지 슬픔인지 알 수 없었다. 황량한 눈구멍에서 구더기가 눈물처럼 흐르는 모습이었다.

“얼굴이 점점 더 까칠해지네. 아직도 매일 악몽 꿔?”

아침 식사 시간에 다시 마주 앉은 엄마는 미간을 좁히며 나를 걱정하는 시선으로 보았다. 나는 멋쩍게 내 얼굴을 손으로 쓸었다. 엄마에게까지 걱정을 끼치고 싶지는 않지만 아무래도 겉으로 티가 나는 것까지는 어쩔 수가 없었다.

"그렇지 뭐."

"병원에서는 뭐래?"

나는 엄마와 병원 이야기를 하는 걸 좋아하지 않았다. 어느 어머니가 정신과 다니는 딸의 이야기를 맘 편히 들을까 싶기도 해서이지만, 내가 정신과에서 어떤 이야기를 하고 오는지까지는 알리고 싶지 않았기 때문이다. 그렇다고 엄마의 말을 무시할 수도 없었다.

그러고 보면 요즘 엄마와 대화를 나누는 것은 아침 식사 자리에서뿐이다. 엄마와 식사를 마치면 나는 출근을 하고 엄마는 하루 종일 집에 남는다. 내가 저녁에 돌아와도 우리는 아무 말 없이 TV를 틀어 놓는다. 보통 일일 드라마를 보는데 드라마는 바뀌어도 원한이 있어 복수를 꿈꾸는 여주인공이 재벌을 만나 화려하게 돌아오는 패턴은 늘 비슷하다. 아무런 감흥 없이 그런 드라마를 보다가 각자의 방으로 들어가는 것이 요즘의 우리 일상이었다.

문득 하루 종일 집에 혼자 남아 있어야 하는 엄마가 걱정됐다. 엄마라면 나보다 훨씬 더 힘들지 않을까? 아버지가 돌아가시기 직전까지 함께 쓰던 방에서 혼자 잠들어야 하고, 하루 종일 아버지의 병수발을 들던 집 안에 혼자 남아 있어야 한다. 내 힘듦 때문에 엄마를 너무 외롭게 놔둔 건 아닐까?

"그렇지 뭐. 약은 매일 똑같아. 근데 자기 전 약을 안 먹어 보려고."

"왜?"

엄마가 눈을 휘둥그레 뜨며 물었다. 차라리 자지 않는 것이 낫겠다는 말은 나오지 않았다. 그래 봐야 더욱 걱정을 끼칠 뿐일 테니까.

"약 먹으면서 악몽이 더 심해진 것 같아서. 혹시 약이 안 맞는 건가 싶어서."

"그러다가 더 안 좋아지면 어쩌려고."

엄마는 더욱 걱정되는 얼굴이었다. 나는 대답 없이 웃으며 아직도 열기가 남아 있는 된장찌개를 한 숟가락 가득 떠서 입에 넣었다.

"저기……."

식사를 거의 마칠 무렵, 엄마가 조심스레 입을 열었다. 무슨 일인가 싶어 조금 긴장이 되었다. 엄마가 저렇게 조심스럽게 말하는 것은 좀처럼 없는 일이었다.

"아버지 침대랑 아버지 옷 같은 것들, 정리하려고 하는데……."

나는 화들짝 놀랐다.

"당연히 해야지! 뭘 그렇게 조심스럽게 물어."

아버지는 투병 중 환자 침대를 안방에 들여놓았다. 위에서 위산이 자꾸 올라오는 탓에 그걸 줄여 보고자 상체 부분을 45도쯤 올려놓고 쓸 수 있는 침대를 원했다. 환자용 침대가 편할 것 같아 따로 구매해 들여놓았었는데 엄마는 그걸 치우고 싶다는 것이었다. 당연한 일이었다. 새삼 아버지와 같이 살던 방으로 엄마를 들여보냈던 것에 미안함이 들었다.

"진작에 그렇게 할 일이었어. 내가 미리 챙겼어야 하는데 미안해."

"그런 말을 왜 해. 헌 옷을 가져가는 사람이 있다더라. 거기에 보내려고."

"그래. 태우는 것도 불법이고 하니까. 내가 옷 정리하는 거 같이 도와줄까?"

"아니야. 엄마가 집에서 하루 종일 뭐 하니? 정리하는 건 엄마 혼자 찬찬히 하면 돼."

알았다고, 뭐든 도울 일이 있으면 말해 달라고 한 뒤 나는 출근을 했다. 버스에 올라타면서 혼자 아버지의 물건들을 정리할 엄마가 걱정이 됐다. 하지만 한편으로는 엄마 역시 아버지를 떠나보낼 시간이 필요할지도 모른다는 생각이 들었다.

약을 먹지 않은 효과는 그날 저녁부터 나왔다. 잠이 오지 않았다. 누워 있어도 몸이 불편했다. 왠지 몸을 어떻게 두어야 할지 몰라 안절부절못하다가 벌떡 일어나기를 수십 번 반복했다. 불면증을 앓기 전, 밤에 잠이 오지 않는다는 사람의 얘기를 들으면 '책을 읽거나 하면 되지, 왜 그냥 누워서 괴롭다고만 할까?' 하고 생각한 적이 있는데, 그런 생각을 한 것 자체를 크게 후회하게 됐다. 책을 읽으려 해도 눈에 들어오지 않았다. 휴대폰에 깔린 방송 다시 보기 어플로 예능 프로그램을 보려 해 봤지만 5분도 채 보지 못하고 꺼 버렸다. 나는 이게 불안증이고 거의 공황 상태라는 것을 비로소 알았다. 그간 내가 먹은 약에는 수면 유도제뿐만 아니라 불안을 가라앉히는 약이 있었다. 그걸 알면서도 약을 끊었다. 약을 먹지 않은 불안 상태가 어느 정도인지 그 전의 나는 체감을 하지 못했던 것이다.

시간이 더디 갔다. 시계의 1초, 1초의 움직임이 일일이 느껴졌다. 내 몸 자체가 이렇게 불편해 본 적이 없었다. 누워도, 앉아도, 일어서도 내 몸을 어찌할 바를 몰라 허둥거렸다. 약에 금단증상이 있다고 설명 들었던 것이 뒤늦게 떠올랐다. 그동안 약이 나를 진정시켜 주었다는 생각에서 나를 이렇게나 망치고 있다는 생각으로 바뀌기 시작했다. 너무 괴로워 약을 먹을까 하다가도, 내 몸을 이렇게 망가트린 것은 의사라는 생각을 하며 속으로 저주를 퍼부었다.

"……어요……."

어렴풋한 소리에 나는 움직임을 멈추었다. 내가 지금 공황 상태라 헛소리까지 들리는 건가 싶었다. 가만히 서서 귀를 기울였지만 더 이상 소리는 들려오지 않았다. 잘못 들었구나, 싶긴 했지만 문을 열고 거실로 나가 보았다. 아무 소리도 들리지 않았다. 문이 닫힌 안방은 조용했다. 엄마라도 잘 자면 좋겠다는 생각을 하며 다시 방으로 향했다.

"잘못했어요, 잘못했어요, 여보."

이번에는 더욱 확실한 소리였다. 소리는 안방에서 들려오는 것이었다. 조심히 문을 열었다. 엄마는 양손을 허우적거리며 앓는 소리를 내고 있었다. 문이 닫힌 탓에 잘 들리지 않았던 것뿐이지 엄마는 악몽을 꾸고 있는 것 같았다.

"엄마! 엄마, 왜 그래?"

나는 허공을 허우적거리고 있는 손을 잡으며 엄마를 깨웠다. 엄마는 몇 번 더 앓는 소리를 내더니 눈을 번쩍 떴다. 그러고는 크게 뜬 눈으로 주변을 황황히 돌아보았다. 보일 듯 말 듯 한숨을 내쉬며 엄마는 몸을 일으켰다.

"왜? 무슨 일 있어?"

엄마는 도리어 나에게 물었다.

"엄마 악몽 꾼 거 아니야? 막 앓는 소리 내고 그랬어."

엄마는 머리를 쓸어 넘겼다. 이마가 땀으로 번들거리는 것을 엄마는 눈치채지 못한 것 같았다.

"아닌데. 그냥 잤는데. 잠결에 헛소리했나 보다. 엄마 때문에 너까지 깼어?"

차마 자지 못했다고 말할 수는 없어 그냥 얼버무렸다.

"아니 뭐. 악몽 꾼 거 아니면 됐고."

나는 엄마의 침대에서 일어섰다. 엄마는 다시 가서 자라며 자신도 누웠다. 엄마가 눈을 감는 걸 보면서 불을 끄고 나왔다.

하지만 분명 '여보'라고 했다. '잘못했다'라고.

나의 악몽은 죄책감에서 기인한 것이라고 했다. 그러면 엄마의 죄책감은 무엇일까?

5

"엄마도 악몽을 꾸고 있는 것 같았어요."

상담 말미, 나는 엄마의 이야기를 슬쩍 꺼냈다. 선생님은 그것이 업무 매뉴얼 중 하나라도 되는 양 다정한 표정을 유지한 채 나에게 말했다.

"어머니도 진혜 씨와 마찬가지시겠죠. 아버님을 함께 케어하셨잖아요. 비슷한 감정을 가지고 있을 겁니다. 가끔은 어머니와 두 분이서 아버님에 관해 이야기를 해 보는 것도 좋을 것 같아요. 터놓고 이야기하는 데서 서로의 마음을 보살피는 기회가 될 거예요."

나는 그렇게 하겠다고 대답을 하고 진료실을 나왔다. 약은 평소처럼 2주 치를 주겠다고 했다. 약을 기다리며 엄마 생각을 했다. 선생님이 말한 것은 조금 틀렸다. 엄마는 나와 같지 않다. 엄마가 훨씬 더 아버지에게 매여 살아왔다. 내가 출근한 사이 엄마는 계속 아버지를 돌봤다. 아버지는 혼자 있는 것을 싫어했다. 젊은 시절부터 엄마가 어딘가에 가는 것을 매우 싫어하던 성정이었다. 사촌댁에 일이 있어 가는 날이면 몇 시에 오는지 몇 번이고 전화를 걸어 댔다. 그런 사람이 아프고 나니 나아질 리 없었다. 더 심해졌다.

아버지는 밖에 나가기 싫어했다. 산책이라도 하자고 할라치면 느닷없이 아픈 데가 그리도 많아졌다. 결국 엄마까지 바깥에 나가지 못하는 시간이 길어졌다. 엄마는 하루 종일 아버지만 봐야 했다.

조금이라도 드실까 싶어 아버지가 말하는 것은 어떻게든 만들어 냈다. 아주 오래전에 먹어 봤다던 고등어 추어탕도 만들었다. 고등어의 뼈를 일일이 발라내고 갈아 추어탕을 끓였다. 그래 봐야 아버지는 두 숟갈도 채 드시지 못했다. 남은 음식은 엄마가 어떻게든 먹어야 했다.

아버지는 불빛도 싫어했다. 방이며 거실에 불을 켜지 못 하게 했다. 어두운 방 안에서 아버지만을 쳐다보며 엄마는 7년을 버텨 냈다. 엄마가 먼저 우울증에 걸리지 않은 게 다행이었다. 아니, 어쩌면 지금 엄마는 자신도 알지 못하는 사이 우울증에 걸려 있을지도 몰랐다.

결국 어쩔 수 없이 나도 아버지의 딸이었다. 내 아픔에만 골몰해 있는 사이 엄마의 감정은 미처 헤아리지 못했다. 마음이 좋지 않았다. 엄마를 어떻게 하면 도와줄 수 있을까? 하루 종일 생각했다.

"엄마, 헬스장이라도 다니면 어때?"

그날 저녁, 나는 가벼운 어조로 던지듯 얘기를 꺼냈다. 선생님은 엄마와 아버지의 이야기를 하라고 했지만, 그걸 하기에는 너무 어두워질 것 같아 가볍게 꺼내 본 말이었다. 그래도 진심이었다. 아버지가 돌아가신 후 엄마는 계속 집에 홀로 있었다. 내가 퇴근을 하고 돌아와야 이야기 나눌 상대가 생기는 셈이었다.

아버지가 투병하시기 전 엄마는 오랜 시간 헬스장에 다니셨다. 거기서 친구들도 사귀고 건강도 챙겼다. 엄마의 활력

소나 다름없었다. 다시 헬스장에 다니시면 좋지 않을까 하는 생각을 그래서 했다. 엄마는 잠깐 생각하는가 싶더니 조심히 입을 열었다.

"그래도 될까?"

"그래도 될까라니. 당연히 되지!"

엄마의 얼굴이 언뜻 밝아지는 것 같았다.

"헬스장 가고 싶었는데 못 가고 있었어?"

엄마는 잠시 대답을 하지 못했다. 나는 엄마의 대답을 끈기 있게 기다렸다. 엄마는 물을 한 모금 마시더니 어색한 웃음을 지었다.

"네 아버지 보내고 금방 나갈 수가……. 그러면 너희들이 아버지 돌아가시길 기다렸다고 할까 봐."

"말도 안 되는 소리!"

나는 화들짝 놀랐다. 엄마가 그런 생각을 하는 줄은 미처 알지 못했다. 엄마의 7년의 세월이 어떻게 희생되어 왔는지를 아는데 우리 형제 중 누구도 그런 생각을 감히 할 수 있을 리 없었다. 그래도 엄마는 그것이 마음에 걸렸던 모양이다. 엄마의 죄책감의 실체가 손에 잡히는 기분이었다.

"그런 생각 아무도 안 해. 그리고 이제 엄마도 바깥 생활 좀 해야 해. 그러다 우울증 걸려. 집에 우울증 환자가 둘이나 되면 되겠어?"

엄마가 소리 없이 웃었다. 고마워하는 마음이 눈빛에서 전달되었다.

"내일 당장 헬스장 가. 알았지? 헬스비 내가 내 줄게."

"고맙다."

나는 그 순간 작은 희망을 보았다. 이렇게 조금씩 자신만의 죄책감에서 벗어나기 시작하면 아버지의 이야기를 터놓고 할 수 있을지도 모른다는 생각이 들었다.

그리고 그날 밤 또 아버지의 꿈을 꾸었다. 악몽이었다.

다음 날 나는 회사에 출근해 반차를 냈다. 오후 1시까지 근무를 한 후 퇴근했다. 엄마가 헬스장에 가고 없는 사이 내가 해야 할 일이 떠올랐기 때문이었다.

나는 곧장 집으로 갔다. 아버지의 물건들을 내가 정리해야 한다는 생각이 들었다. 적어도 엄마의 방 안에 있는 아버지의 환자용 침대라도 말이다. 매일 밤 그 방으로 들어가야 하는 엄마의 입장을 너무 생각하지 못했다.

요양원에서 총무로 근무하고 있는 친구가 있었다. 그 친구에게 연락해 혹시 환자용 침대가 필요하지 않느냐고 물었더니 다행히 가져가겠다고 했다. 집에 도착할 때쯤 용달차를 끌고 온 직원이 전화를 걸었다. 문을 열어 주자 집으로 들어온 직원은 솜씨 좋게 환자용 침대를 분리해 밖으로 끌고 나갔다. 매일같이 침대에 누워 진땀을 흘리던 아버지의 모습이 떠올랐다. 텅 빈 자리는 몹시도 생경했다. 아버지의 모습을 빨리 지워 버리려는 나를 만약 보고 계신다면 어떻게 느끼실까?

이해해 주리라, 그냥 내 마음이라도 편하게 그리 생각하기로 했다. 나는 애써 아버지의 빈자리에서 시선을 피하며 밖으로 나갔다.

용달차가 떠나고 나는 곧장 창고로 들어갔다. 거기에도 아버지의 물건이 많았다. 의료보험 지원도 되지 않아 제값을 다 주고 산 휠체어가 제일 자리 차지를 많이 했다. 그걸 사고 딱 한 번 산책하러 나갔을 뿐이었다. 기분 좋아하는 아버지와 또 나오자고 한 약속은 거품처럼 사라졌다. 아버지는 또 다시 모든 의지를 잃은 사람으로 되돌아가 손가락 하나 움직일 생각을 하지 않았다. 휠체어까지 요양원으로 보낼걸 하는 생각을 하다가 뒷집 할머니가 떠올랐다. 작년까지는 지팡이에 의지해 다니시던 할머니가 올해부터는 거의 거동을 못 하신다고 들었다. 그 집 아들이 할머니 병원 가는 날마다 업어서 이동하는 모습이 생각났다. 혹시 쓰실지도 모른다는 생각이 들어 일단 옆으로 밀어 놓았다.

그 외에도 잡동사니가 많았다. 쓰다 남은 기저귀, 링거대, 그리고 화장실 변기에서 잡고 일어날 수 있게 만들어진 안전봉까지 있었다. 일단 마당으로 전부 다 꺼내 놓았다. 쓰레기봉투에 넣어 버릴 것은 그렇게 하고, 안전봉이나 링거대는 스테인리스라서 그냥 밖에 내놓으면 될 것 같았다.

"뭐 이런 것까지 안 버렸어?"

구석에 박혀 있는 검은 봉지가 뭔가 싶어 열어 보았더니 아버지가 맞고 난 영양제 링거액의 봉지가 찌그러진 채 들어 있었다. 질긴 봉지에 담긴 영양제는 아무리 끝까지 맞는다고 해도 끄트머리에 조금씩 남게 마련이었다. 쓰레기봉투에 버리면 되겠지 하는 생각과 함께 도로 검은 봉지에 넣으려던 내 눈을 붙드는 게 있었다. 조금 남아 있는 영양제의 색이 이상했다. 처음 것은 황갈색이라 변색이 된 건 줄 알았다. 그런데 다른 봉지에 담긴 것은 빨간색 물이었다.

"뭐 하는 거야?"

소리가 난 쪽으로 고개를 든 순간 어느새 돌아온 엄마가 보였다. 그렇게 무서운 얼굴은 처음이었다.

6

식사를 하면서 흘깃, 엄마의 눈치를 보았다. 화가 나 있는 것 같지는 않지만 그렇다고 평온한 얼굴도 아니다. 묵묵히 숟가락만 움직이고 있는 엄마의 존재는 숨을 막히게 했다. 뭐였을까, 그 표정은? 나는 조심히 입을 열었다.

"엄마, 화났어?"

부지런히 움직이던 엄마의 숟가락이 멈추었다. 엄마는 조용히 숟가락을 내려놓았다. 그렇게도 열심히 숟가락을 놀리던 것은 화를 내지 않기 위해서라는 것을 알 수 있었다. 엄마는 나직하고도 긴 한숨을 내쉬었다. 그런 엄마의 얼굴이 어느 정도 누그러져 있었다.

"아버지 물건은 엄마가 치운다고 했잖아."

"엄마가 혼자 치우려면 고생할 거고, 마음도 좋지 않잖아. 마침 침대 가져간다는 친구가 있어서 내가 치운 거야."

"고마워. 엄마가 순간 기분이 좀 그랬어."

엄마는 한 손을 자신의 뺨에 갖다 댔다.

"아버지 물건 치울 때가 됐다고 생각하면서도 막상 치우고 있는 거 보니까 서운했나 봐."

나는 엄마의 한 손을 잡았다.

"엄마 마음 미처 헤아리지 못해서 미안해 엄마. 그래도 아버지 물건은 치우자. 이제 떠나보내 드려야지."

엄마는 말없이 고개를 끄덕였다. 나는 엄마의 한 손을 놓고 다시 식사를 이어 가려 했다. 그때였다. 아직 숟가락을 들지 않고 있던 엄마가 입을 열었다.

"그래도 창고에 있는 물건은 내가 치울 테니까 내버려 둬."

나는 엄마를 보았다.

"알았지?"

그때 엄마의 눈에서 푸른 안광을 본 것 같았다.

그것은 무엇이었을까? 나는 침대에 누워 컴컴한 천장을 보며 생각에 빠져 있었다. 아버지의 링거 봉지에 들어 있는 잔여물의 색깔. 그냥 변색된 것이라고 하기엔 여러 개의 봉지에 남은 색깔들이 일정치 않았다. 특히나 붉게 변해 있는 색깔이 마음에 걸렸다. 그리고 과하게 화를 내던 엄마의 얼굴과 창고는 건드리지 말라던 눈빛.

나는 오늘도 약을 먹지 않았다. 약을 먹었다고 해도 잠을 잘 수 없을 것 같은 밤이다. 살갗이 찌릿찌릿 아파 왔다. 옅은 전기가 통하는 기분이었다. 약의 금단증세다. 몸을 가만히 놔두지 못하는 불안증은 마음의 무거운 짐에 더해 훨씬 더

몸을 괴롭히고 있었다. 시계를 보았다. 밤 12시가 막 지나가고 있었다.

"아니야. 아니라고……."

애원하는 목소리가 어렴풋이 들려왔다. 나는 오늘 일부러 방문을 닫지 않았다. 거실을 통해 전해져 들어오는 엄마의 목소리였다. 그것은 엄마 역시 오늘도 악몽에 시달리고 있음을 말했다. 동시에 지금 엄마가 잠들었음을 알리는 소리였다. 나는 소리가 나지 않게 조심히 침대에서 일어섰다. 약의 부작용 때문에 무릎까지 시큰거렸지만 걷지 못할 정도는 아니었다. 정수기의 불빛이 어렴풋이 주변을 밝히고 있는 거실을 지나쳐 바깥으로 나갔다.

한밤의 찬 공기가 온몸을 감쌌다. 나는 발소리를 죽이고 앞으로 나아갔다. 손에 든 휴대폰의 손전등 앱을 켰다. 눈앞 정도는 밝힐 수 있었다. 소리가 나지 않도록 창고의 문을 열고 들어갔다. 아직 링거액 봉투는 내가 놓아둔 그대로 검은 봉지에 쌓여 널브러져 있었다. 갑자기 엄마가 들어오는 바람에 아무렇게나 바닥에 내려놓은 것이었다. 나는 그 안에 손을 넣어 링거액 봉투를 전부 꺼냈다. 봉투는 총 다섯 개였고, 밑바닥에 남은 영양제의 잔여량이 전부 이상한 색을 띠고 있었다. 나는 핸드폰 불빛을 갖다 대고 한참이나 살펴보았다.

대부분 갈색을 띠고 있었다. 그것들은 영양제가 변색된 것이라고 볼 수 있을지도 몰랐다. 그런데 그중 하나는 낮에 보았던 대로 붉은색을 띠고 있었다.

나는 그것을 문질러 보았다. 모여 있던 영양제가 이리저리 빈 곳으로 퍼져 나갔다. 순간 이상한 것이 나의 눈을 잡았다. 빨간색 점 같은 뭔가가 거기에 있었다.

'고춧가루?'

나는 내 눈을 의심했다. 정상적인 영양제라면 그런 게 안에 들어 있을 리 없었다. 그러자 갈변됐다고 생각했던 다른 봉투들도 의심스러워지기 시작했다. 머릿속에 불경한 상상이 펼쳐졌다. 나는 말도 안 된다고 생각하며 머리를 내저었다. 그럴 리가 없었다. 그럴 리가…….

머릿속에 떠오르는 생각을 펄쩍 뛰며 부정하듯 나는 얼른 검은 봉지에 링거액 봉투를 집어넣고 원래 있던 자리에 내려놓았다. 나는 재빨리 마당을 가로질러 집 안으로 들어갔다.

"잘못했…… 안 돼……."

안방에서 나오는 소리에 나는 발걸음을 멈췄다. 그러고는 다시 머리를 뒤흔들며 안으로 들어갔다.

나는 잠을 잘 수 없었다. 시원한 밤공기를 맞은 탓일지도 모르고, 약을 먹지 않아서일 수도 있었다. 약의 금단증상 때문에 몸이 아파서일 수도 있었다. 머리에 떠오르는 무서운 생각 때문일 수도 있었다. 그런 것들 때문에 나는 밤새 몸을 뒤척이며 괴로움에 몸서리쳤다. 아침에 눈을 뜬 뒤에야 몇 시인지 모를 새벽쯤 지쳐서 마침내 잠들었었다는 것을 알 수 있었다.

거실로 나가니 엄마가 있었다. 엄마의 표정을 읽을 수가 없었다.

"안녕히 주무셨어요?"

"그래, 넌 밤에 괜찮았어?"

엄마는 내가 밤에 약을 먹지 않고 있는 것을 모른다. 그리고 그녀의 악몽에 대해 알고 있다는 것도 모른다.

"악몽 안 꿨어."

"그래, 점점 나아져야지."

엄마는 씻기 위해 욕실로 향했다.

"엄마는?"

"응?"

"엄마는 편안히, 잘 잤어?"

엄마는 알 수 없는 얼굴로 가만히 나를 들여다보았다. 잠시 뒤 엄마는 생긋 웃었다.

"그럼, 잘 잤지."

내 머리를 한 번 쓰다듬고는 화장실로 들어가는 엄마의 뒷모습을 나는 물끄러미 보았다. 나를 쓰다듬는 엄마의 손은 따뜻하고 부드러웠다. 웃는 모습도, 나를 걱정해 주는 표정도 평소와 다르지 않다. 그런데 이 느낌은 뭘까? 엄마가 내가 아는 전부가 아니라는 생각이 자꾸만 머리를 괴롭혔다. 그것은 두려움 같기도 했고, 걱정 같기도 했다. 어쩌면 불안감일 수도 있었다.

나는 이 알 수 없는 감정들을 그냥 두지 않기로 했다. 알 수 없는 것을 덮어 두면 두려움이 된다. 나는 이 감정의 원천을 확인하기로 했다. 그곳에서 뭘 발견할지 알 수 없어도, 그것이 어떤 일을 불러올지 몰라도, 그것을 감내할 수 있을지 알 수 없으면서도 막연히 그냥 있을 수는 없다는 생각이 들었다.

그날 아침, 출근하는 길에 몰래 창고에 들어갔다. 어느새 영양제 봉지가 담겨 있던 검은 봉투는 사라지고 없었다.

7

가정간호사의 방문은 일주일에 한 번 이루어졌다. 아버지의 왼쪽 쇄골에 뚫린 케모포트를 소독한 뒤 일주일간 맞을 영양제와 작은 병에 담긴 식염수, 그리고 주사기를 놓고 갔다. 영양제를 한번 꽂으면 12시간 정도 맞아야 했는데, 다른 것으로 교체할 때는 케모포트가 막힐 염려가 있으므로 식염수를 주사기에 주입해 밀어 넣은 후 영양제를 꽂아야만 했다. 어려울 것은 없는 일이었다.

영양제가 들어가는 속도에 따라, 혹은 영양제가 갑자기 들어가지 않거나 하는 경우가 생겨 갈아야 하는 시간은 거의 매일 달랐다. 새벽에 영양제가 다 들어갈 때도 있었고, 낮일 때도 있었다. 그래서 그것의 대부분은 엄마의 일이었다.

만약 엄마가 영양제에 뭔가를 집어넣었다고 해도 나는 몰랐을 것이다.

내가 지친 얼굴로 출근한다. 섬망에 걸린 아버지와 엄마, 단둘밖에 집에 없다. 가정방문 간호사는 일주일에 한 번밖에 오지 않고, 그동안 맞은 영양제의 봉지는 직접 집에서 버리는 것이다. 지친 자식의 얼굴을 매일 보는 것도, 눈만 뜨면 헛소리인 남편과 그 배변을 돌보는 일도, 잠을 한번 제대로 자지 못하는 것도 너무 힘들다. 그런 생각이 들었을 때 엄마는 무슨 결정을 내렸을까. 엄마가 식염수 주입용 주사기를 버리지 않고 찌개 그릇에 담그는 상상을 한다. 주사기는 찌개 국물을 빨아들인다. 그것을 그대로 방으로 가지고 가 잠든 아버지를 내려다본다. 엄마는 주사기를 영양제의 봉지에 꽂는다. 쭈욱, 흰색 영양제 사이로 다른 색의 이물질이 주입된다.

나는 머리를 뒤흔들었다. 조금 전 상상 속의 엄마는 내가 알던 엄마와 너무나 달랐다. 불경한 생각을 한 나 스스로가 이상하게 느껴졌다. 하지만……. 생각은 멈추지 않는다. 왜냐하면 내가 본 영양제 봉투 속 이물질은 너무 명확했기 때문이다.

나는 아버지의 죽음을 바랐는지도 모른다. 아니, 솔직히 바랐다. 너무 지쳤다. 그런데 그것이 나에게만 국한된 일이 아니었다는 걸 나는 잊고 있었다. 나보다 더 지쳤을, 하루 종일 환자만 보고 있는 자신의 인생이 너무 힘들었을 또 한 사람을 잊고 있었던 것이다. 죽음을 바랐기에, 나는 죄책감으로 악몽을 꾼다. 엄마 역시 악몽을 꾸고 있었다. 엄마의 죄책감은 무엇에 기인한 것일까.

문득 든 생각에 모니터를 바라보았다. 인터넷에 접속해 '링거'와 '이물질'로 검색을 했다. 예전의 어느 아이 엄마가 '대리 뮌하우젠 증후군'으로 비슷한 짓을 저질렀다는 이야기를 들은 적이 있기 때문이었다. '대리 뮌하우젠 증후군'은 아이나 환자를 헌신적으로 보살핀다는 칭송을 받는 것을 즐겨 대상을 더욱 아프게 만드는 것을 말한다. 이 증후군을 앓는 여자가 자신의 아이에게 누구의 것인지 모를 피를 계속 먹여 의문의 토혈을 하고 앓게끔 만든 사례를 들은 적이 있었다. 역시나 링거와 이물질로 검색하자 비슷한 사례가 떴다. 일본의 한 병원에서 간호사가 환자들의 링거액에 세제 같은 이물질들을 주입하며 사망케 한 사례였다.

둘은 비슷하지만 다르다. 하나는 대리 뮌하우젠 증후군이었고, 다른 하나는 그저 살인 그 이상도 이하도 아니었다. 엄마는 어느 쪽이었을까.

아니, 아직 어느 것도 확신해서는 안 된다.

"진혜 씨, 이 서류 좀 한번 확인……."

"대리님."

나는 서류를 들고 다가오는 서 대리님의 말을 끊었다.

"저 오늘 반차 좀 써도 될까요?"

서 대리님이 눈을 둥그렇게 떴다. 하지만 안 된다는 말은 하지 않았다. 아무래도 내 표정이 심상치 않았던 모양이었다.

나는 곧장 택시를 타고 은서대학병원으로 향했다. 이 병원에 온 것은 아버지가 돌아가신 이후 처음 있는 일이었다. 내가 이곳에 다시 올 거라고 나는 상상하지 못했다. 7년의 투병 기간 동안 지긋지긋하게 다닌 곳이기도 했고 아버지가 떠난 곳이기도 했기 때문이었다. 나는 이 병원에 다시 오고 싶지 않았다.

1층 안내 데스크로 향했다.

"저희 아버지가 이 병원에서 돌아가셨는데요, 담당 선생님을 만나 뵙고 싶은데요."

"담당하셨던 과에 가서 문의하시면 됩니다. 선생님 성함 알고 계세요? 오늘 근무하시는지 조회해 드리겠습니다."

"선생님 성함은 모르고요. 응급실로 들어오셔서 돌아가셨거든요. 당시 응급실에 계셨던 선생님께 여쭤보고 싶은 게 있어서요."

"그럼 응급실로 가셔야 해요."

나는 살짝 고개를 숙여 묵례하고는 뒤로 물러나 밖으로 나왔다. 응급실은 별관에 위치해 있었다. 그 길을 걷는데, 자꾸만 아버지를 마지막으로 구급차에 태우고 오던 날이 떠올라 나도 모르게 숨을 멈추고 눈을 꾹 감은 채 입술을 잘근거렸다.

내가 응급실에 들어갔을 때, 낮이라 그런지 안은 한산한 편이었다. 나는 간호사 데스크에 내가 온 목적을 설명했다. 신분증과 함께 미리 떼어 온 가족관계 증명서를 확인시켜 주자 간호사는 당시 진료를 봤던 의사 선생님을 검색해 주겠다고 했다. 다행히 해당 선생님은 오늘 근무였다.

기다리라는 말에 데스크에서 조금 떨어져 멀뚱히 서 있다 보니 의사 가운을 입은 한 남자가 다가왔다. 신호처럼 간호사 선생님이 나를 보자 그는 나에게로 곧장 다가왔다. 짧은 묵례를 한 뒤 그가 말했다.

"진료 내역에 대해 듣고 싶으시다고요?"

"네."

나는 데스크 위에 있던 가족관계 증명서를 다시 의사에게 내밀었다. 그는 가족관계 확인서를 보고는 아버지의 주민등록번호를 컴퓨터에 입력했다. 그는 한참 화면을 들여다보더니 물었다.

"어떤 게 알고 싶으시죠?"

"돌아가신 원인에 대해 좀 더 자세히……."

"급성 패혈증이라고 듣지 못하셨나요? 그게 원인으로 사망하셨고 사망진단서에는 병사로 기입됐습니다."

"그게……. 음식물이 기도로 넘어가서 폐에 염증이 생긴 거라고 들었는데요."

"네. 맞아요. 면역력이 떨어진 환자에게 흔히 있는 일입니다. 항생제를 써서 나아지시는 경우도 있지만, 아버님은 이미 상태가 아주 좋지 않으셨어요."

그는 컴퓨터 화면을 나를 향해 돌려 아버지의 CT 사진을 보여 주었다. 왼쪽 폐 부근에 검게 표시된 곳을 볼펜 끝으로 가리켰다.

"음식물 양은 많지 않았지만, 암 때문에 워낙 몸이 안 좋으셨잖아요. 최대치의 항생제를 썼는데도 염증 수치가 전혀 나아지지 않았네요."

나는 입술을 물었다. 폐로 넘어간 음식물 양이 많지 않았는데 염증 수치가 전혀 나아지지 않았다는 말이 마음에 걸렸다. 혹시 링거를 통해 이물질을 주입해서 염증 수치가 높았을 가능성이 있지 않느냐고 물을 뻔했지만 그럴 수는 없었다.

의사는 더 물을 것이 있냐는 듯 나를 빤히 바라보았다. 나는 얼른 고개를 들고 감사하다는 인사를 했다. 의사가 바쁜 걸음으로 어느 침대를 향해 걸어갔다.

나는 응급실을 나왔다.

'음식물 양은 많지 않았지만.'

그 말이 귓가를 떠나지 않았다.

"저기요, 아가씨."

처음엔 그 목소리가 나를 부르는 말인지 알지 못했다. 재차 목소리가 들려왔을 때에야 나는 걸음을 멈추고 뒤를 돌아보았다. 검은색 상복을 입은 할머니가 나를 보고 있었다.

"나 기억해요?"

8

할머니에 대한 기억은 비교적 또렷하다. 아버지가 입원해 계셨을 때 가끔 탕비실에서 마주치던 분이었다. 엄마는 어땠는지 모르겠으나 나는 딱히 인사해 본 적은 없었다. 다만 점심 식사 직전에 데우러 오는 음식들의 양이 적고 너무 초라해서 저걸 드시고도 병간호를 할 수 있을까 하고 생각했을 따름이었다. 따로 인사를 하진 않았지만, 할머니가 누구인지는 알고 있었다. 할머니는 아버지가 입원했던 맞은편 병실의 환자 보호자였다. 할아버지가 아버지와 같은 식도암이라 기억하고 있다. 나는 할머니의 상복을 보고 할아버지의 안부조차 물을 수 없다는 것을 알았다.

"아버지는 잘 계시나?"

오히려 안부를 물어 온 것은 할머니였다. 응급실 바로 옆 장례식장 입구에 앉아 나는 할머니가 건넨 믹스커피 한 잔을 받아 들고 있었다. 문득 왜 하필 응급실 옆에 장례식장을 설치했는지, 동선의 용이함 때문이었는지, 꼭 그래야만 했는지 병원에 묻고 싶어졌다. 종이컵 안에 든 갈색의 커피를 내려다보면서 고개를 저었다.

"돌아가셨어요."

"은제?"

"두 달 전에요."

"그렇구먼."

할머니는 아버지를 볼 수 있기라도 한 것처럼 먼 하늘을 응시했다.

"다행이구먼."

이어진 의외의 말에 나는 할머니를 보았다. 그 눈빛이 힐난으로 받아들여졌던지 할머니는 다독이듯 웃으며 커피를 마셨다.

"느이 엄마가 항상 무서워했었다. 우리 영감처럼 될까 봐."

나는 마지막으로 보았던 할아버지의 모습을 떠올렸다. 할아버지는 배 쪽에 구멍을 뚫고 그쪽으로 영양액을 급여하는 위루관 시술을 하고 계셨다. 식도암 환자들은 점점 음식을 삼키기 어려워지기 때문에 위루관 시술을 통해 영양을 급여한다. 대신 죽을 때까지 입으로 물이나 음식은 삼킬 수 없다.

"늘 물 한 모금 입으로 넘겨 보고 죽는 게 소원이라고 했제. 이게 무슨 사는 기냐고. 그래도 차마 음식을 줄 수가 없었다. 근데 이렇게 되고 보니 차라리 그 소원이나 들어줄걸 그랬다."

나는 어떤 말도 할 수가 없었다.

"내가 탕비실에 울고 앉아 있으면 느그 엄마가 위로해 주고 했었다. 그러면서도 느그 엄마는 무서워했어. 병원에서 그 수술 하라고 할까 봐. 이렇게 살면 뭐 하냐고 울고 소리치는 우리 집 영감을 봤었으니까."

할머니는 커피 잔에 남은 커피를 단번에 쭉 마셨다.

"결국 우리 영감이 두 달 더 살았네. 근데 그게 무신 소용인가 싶다. 죽을 때까지 입으로 물 한 번 못 삼켜 보고 죽었는데."

그때 누군가 장례식장 쪽에서 나와 이쪽을 향해 소리를 질렀다. '형수'라고 하는 것을 보니 할머니를 부르는 것 같았다. 할머니는 무릎을 짚고 힘겹게 일어났다. 그러고는 내 손을 잡고 다른 한 손으로는 머리를 쓰다듬으셨다.

"엄마랑 잘 살래이."

그 말이 묘하게 마음에 남았다. 이제 아버지는 없으니까, 안 아픈 사람들끼리 자신의 인생을 살아 보라는 말처럼 들렸다.

할머니를 보낸 후 나는 택시를 타고 집으로 향했다. 엄마는 거실에 앉아 차를 마시고 있었다. TV에서는 유명 맛집을 취재한 정보 프로그램이 나오고 있었다. 엄마의 표정은 무덤덤했다.

"저녁은?"

"먹었어."

먹지 않았지만 식욕이 없었다. 나는 천천히 걸어가 소파에 앉았다. 엄마의 옆얼굴을 보았다. 아무리 들여다보아도 지금 더 행복해졌는지 나는 알 수가 없었다. 엄마에게 묻고 싶었다. 아버지가 보고 싶냐고. 보고 싶다고 대답한다면 물을 것이다. 아버지가 환자로서 다시 돌아온대도 좋을 것 같냐고.

그럼 엄마는 뭐라 할까.

나는 고개를 떨궜다. 엄마를 향한 질문은 양날의 칼처럼 나를 찔렀다. 나 역시 그 대답에서는 자유롭지 못했다. 아픈 아버지라도 다시 살릴 수 있는 기회가 주어진다면, 나는 어떻게 할까. 세 명의 가족이 다시 그 지옥을 살아가겠다고 자신 있게 말할 수 있을까?

아버지에게 미안해졌다. 그래도 아버지가 살았으면 좋겠다고 말할 수 없어서.

엄마는 아버지의 영양제 링거에 이물질을 넣었다. 그것이 아버지의 죽음을 앞당기기 위해서라고 생각했다. 단순히 엄마가 자유로워지고 싶어져서 족쇄를 끊듯 그런 짓을 한 거라고 생각했다. 그 죄책감에 밤마다 악몽에 시달리면서도 나에게 말 한마디 하지 않는 것이 징그러울 만큼 무서웠다. 그러나 지금 생각해 보면 그게 진실이 아닐 수도 있었다.

엄마는 아버지가 마지막까지 적어도 인간답게 살기를 바랐었을 수도 있었다. 자신의 입으로 물을 먹고, 음식을 씹고, 넘어가지 않더라도 고생하면서 그렇게 살다 가기를 바랐었을지도 모른다. 그 할아버지처럼 수십 년을 살다가 가야 되는 시점의 마지막 소원이 자신의 입으로 물 한 모금 먹는 것 따위가 아니길 바랐는지도 모른다. 그렇게 갈 바에는 몇 달을 덜 살더라도 일찍 죽기를 바랐는지도.

"왜?"

문득 나의 시선을 느낀 엄마가 고개를 돌려 나를 응시하고 있었다. 나는 입술을 몇 번 달싹이다가 그만두었다. 아버지가 보고 싶냐고, 아버지가 다시 살아온다면 어떨 것 같냐고, 그런 잔인한 물음은 하지 않기로 했다.

이물질이 들어 있던 영양제에 대해서도 나는 이야기를 꺼내지 않을 것이다. 그것은 엄마만의 평생의 비밀이 될 것이다. 어쩌면 짐이 될지도 모른다. 엄마는 그 짐을 끌어안고 자신을 아프게 하고 힘들게 할 것이었다. 그러나 그것은 엄마의 몫이다.

"나 일찍 들어가 잘게. 피곤해서."

"그래. 피곤해 보인다. 어서 들어가."

엄마가 나를 향해 인사한다. 나는 쓴웃음을 지어 보였다.

엄마는 리모컨을 들어 TV를 끈다. 안방으로 들어가 TV를 볼 생각인 것이다. 내가 자는 방까지 TV 소리가 들려 잠을 방해할까 봐 안방으로 들어간다는 것을 나는 안다.

나와 엄마는 각자의 방으로 들어간다.

그리고 각자의 죄책감을 안고 살아간다.

집은 우리가 살아가는 데 있어 가장 편안한 장소여야 한다. 지친 하루의 삶을 마감하고 쉬어야 하는 공간, 나만을 오롯이 받아 주는 공간이어야 한다. 그런 집조차 내 마음이 지옥을 살고 있으면 지옥이 된다.

마음이 지옥이었던 때가 있다. 모든 사람이 미웠고 원망스러웠다. 그러자 모든 공간이 나에게 불편으로 다가왔다. 이 글을 쓰면서 그때를 많이 떠올렸다.

장기 투병환자 가족의 삶에 대해 나는 알고 있다. 그들이 가지는 분노와 분노한 나에 대한 실망과 가족에 대한 슬픔과 원망에 대해서도 알고 있다. 그들의 절망과도 같은 감정들의 부딪힘에 따뜻한 위로를 전한다.